KB193580

나, 제주를 안.다.

감 성 에 세 이

나,
제주를
안. 다.

김청영 글, 사진

자유문고

제주와의 만남, 그 설렘에 대하여

제주도를 내려오게 된 계기는 바이러스 팬데믹 때문이었습니다. 아이와 호주 브리즈번에서 지내던 중 COVID-19 사태가 터졌습니다.

불안한 마음으로 한국으로 들어온 후 아이가 다닐 초등학교를 찾았습니다. 그렇게 선택한 곳이 바로 제주도 서귀포시 대정읍에 있는 국제학교입니다. 이전까지는 내가 제주도에서 생활할 줄은 꿈에도 생각하지 못했지요.

동생이 한국을 떠나 일본으로 갔을 때만 해도 지금으로부터 15년 전이니 한국보다는 모든 면에서 선진적이었습니다. 그렇지만 나는 '섬'이라는 단절된 그 불통의 느낌이 싫었습니다. 한국이 더 좋았지요.

그런 내게 제주도의 이미지 역시 그저 여행지로, 관광지로, 휴식처로 남아 있었습니다. 제주는 그저 이국적인 섬으로만 생각하면서 내 인생과 관계가 없는 줄로만 알았던 곳이었습니다.

제주도에 살게 된 것은 정말 갑작스러웠습니다. 깊은 생각을 할 겨를도 없이 '아이 학교 때문에' 제주를 선택하고, 보름도 채 안 돼서 서귀포시에 집을 구했으며, 아이를 빠르게 제주의 학교에 입학시켰습니다.

갑작스럽게 시작된 제주 생활, 첫 달은 정말 적응하기가 어려웠습니다. 제주도와의 인상적인 첫 대면은 강력한 태풍이었지요. 8월이 되자 휘몰아치는 태풍을 보며 우리는 며칠을 집에 갇혀 지내야 했습니다.

제주 날씨는 무척 낯설었습니다. 여행하러 왔을 때는 항상 맑았던 것 같은데, 제주에 정착해 살다 보니, 하루에도 몇 번씩 바뀌는 날씨는 종잡을 수 없었습니다.

가끔 가까운 지인들이 전화해 이렇게 말합니다. "와, 진짜 부럽다. 너무 좋겠다!" 그러면 나는 "그렇게 좋진 않아. 특히 제주 날씨가……."라고 말하려다가 말곤 합니다. 전화기 저쪽에서 내 이야기는 그저 배부른 푸념 정도로 여길까 봐서요.

그나마 태풍이 불고 나면, 거센 바람이 지나고 나면, 항상 맑게 하늘이 펼쳐진다는 점이 위안이 됐지요. 그 덕분에 호주 브리즈번 하늘을 연상하며 아름다운 추억을 떠올릴 수 있었습니다.

사실 나는 제주도에 친척은 물론, 친구 한 명 없었습니다. 아는 이가 정말 단 한 명도 없었습니다. 아이와 딱 둘이 살던 호주의 브리즈번보다도 더 막막할 정도였지요. 주변에 멘토가 없다는 건 모든 것을 스스로 해결해야 한다는 뜻이었습니다. 우리의 제주 생활은 그렇게 척박한 상황에서 시작됐습니다.

다행히 시간이 흐르자 제주의 매력이 하나씩 눈에 띄기 시작했습니다. 제주엔 만날 사람은 없지만 그래도 갈 곳은 아주 많았습니다. 제주가 관광지인 덕분에 산과 바다로 둘러싸인 풍경과 맛집들이 많았습니다.

어느 날 나는 혼자서 떠나는 '씩씩한 여행자'가 되기로 결심했습니다. 나는 여행을 시작하며 제주도에 관한 책을 펴내고 싶었습니다. 내가 직접 발로 걸어가서 보고, 맛보고, 느끼고, 그곳 덕분에 일상의 낭만이 생긴 곳만을 기록해서 말입니다. 그렇게 나는 '일상이 여행이 되는 10개월 정도를 보내자!'라는 마음을 먹고, 제주 구석구석을 돌아다니며 글을 쓰기 시작했습니다.

나름 나 혼자만의 꿍냥거리는 목표가 생기니 재미있기도 하고, 혼자만의 시간이 온전히 나의 것이 되는 듯하여 스스로 성장하는 기분이 들었습니다. 나의 고독, 쓸쓸함 이런 감정도 그저 낭만으로 받아들이고 풍부해지는 나만의 감수성에 흠뻑 취할 수도 있었지요.

글을 쓴다는 나만의 '목표'가 없었다면 아마도 나는 못 견디고 일찌감치 제주를 떠났을지도 모르겠습니다.

나의 첫 1년 차의 제주 생활은 온통 무슨 취재원처럼 사진을 찍고, 좋은 곳은 여러 번 가보고, 글을 쓰고, 지우고, 그리고 자료를 남기고, 그렇게 다니고 또 다니느라 바빴습니다. 제주 곳곳을 발로 직접 걸으며 다니다 보니 나만의 '아지트들'도 생겼습니다. 그곳엔 바다가 펼쳐져 있었습니다. 나는 바다를 보면서 늘 돌아가신 부모님을 위해 기도를 했습니다. 그런 순간이 내게는 너무나 감사하고 다시 맞지 못할 날들이었지요.

친구 하나 없는 제주도에서, 여행자로서가 아닌 생활인으로 새로운 도전자처럼 삶을 출발했지만, 나는 글쓰기 덕분에 낭만적인 하루하루를 창조할 수 있었습니다.

처음 제주도를 이야기할 때는 두루두루 돌아다니는 내 발걸음을 따라 보고 느끼는 대로 글로 적었습니다. 어느덧 2년 차가 된 지금, 나는 '헤르만 헤세처럼 그려라' 작업실에서 제주의 곳곳을 상상하며 책 쓰기 작업 중입니다.

나는 이 책을 통해 내가 알게 되고 느낀 '나만의 제주 이야기'를 전하고 싶었습니다. 내가 알게 된 '제주', 제주에서 만나게 된 '나'를 소개하려 합니다. 거기에 우연이 있고, 만남이 있고, 도전이 있고, 자기다움을 지키려는 소망이 있고, 새로움에 대한 감동이 있습니다.

그래서 이 책을 읽는 독자들도 새로운 만남을 향해 기꺼이 길을 떠나 보시길 권합니다. 그리고 사람들과 부딪혀 보시길 바랍니다. 그러나 어떤 여행을 하든 '자기'는 잃지 않길 빕니다. 주변의 이런저런 이야기들에 흔들리지 말고, 그저 아름다운 여행길을 나서서 뚜벅뚜벅 걸어보세요. 그러면 그 길이 멋진 인생의 선배가 될 수 있을 테니까요.

끝으로 이 책 속 어느 한 장소에서 당신 역시 진정한 자아와 마주하길 진심으로 바라봅니다. 누군가는 나처럼 혼자서도 잘 놀면서 스스로 성숙해지는 자신이 대견해 즐거워지는 그런 순간을 맞이하시길 기원합니다. 누군가와 손바닥 마주치며 반가워하는 마음으로 내가 안은 제주를 소개합니다.

2022. 6

제주 서귀포 대정에서 청영

1장.

나는 제주를 안다

겉에선
보이지 않던
제주 찾기!

세 식구 따로 함께 가는 길

의지였을까? 아니면 우연이었을까? 아니면 숙명이었을까? 한국에서 호주 브리즈번으로, 호주 브리즈번에서 COVID-19를 만나 한국의 제주도에 당도한 여정은 지나고 보니, 운명이었다.

제주도를 가장 잘 즐기는 이는 아들 마우이(MAUEE, 영어 이름) 였다. 아이는 이내 제주 학교에 완벽히 적응했다. 심지어 너무 좋다고 방방 뛰었다. 호주 브리즈번 존폴 학교보다 훨씬 좋고, 신난다고 한다.

아이는 가족이 모두 모여 있는 서울보다 쓸쓸한 생활일 텐데도, 자연을 좋아하고 학교 친구들과 잘 버티며 즐겼다.

아이의 학교는 국제학교라 방학이 많다. 한 달에 많게는 일주일에서 4일 정도는 대부분 단기방학이 있다. 그리고 여름방학이 두 달, 겨울방학이 3주 정도 된다.

마우이는 단기방학 동안 서울에 올라갔고, 아빠는 2주에 한 번

내려오는 계획으로 제주도 생활을 하게 됐다. 아이는 학교에 적응을 잘하기 때문인지 그렇게 좋아하는 아빠가 2주에 한 번씩만 제주에 오더라도 아무런 불편함 없이, 외로움 없이 제주 생활을 잘해 주었다. 그저 나와 남편만 잘 적응하면 되는 일이었다.

제주 생활이 1년쯤 지나니 서울-제주 간 왔다 갔다 하는 생활이 쉽지 않았다. 남편도 혼자 생활하는 기간이 길어지니 살짝 우울증이 오기도 했다. 호주 브리즈번으로 나갔을 때는 3년 정도 정해진 기간만 공부하고 돌아온다고 생각해 어렵지 않게 결정할 수 있었다.

그러나 아이가 아직 초등학생이고 중고등학교로 이어질 아이 교육에 맞추어 가족이 떨어진 생활을 하다 보면, 앞으로 10년은 더 함께 생활할 수 없다는 현실적인 문제가 우리 부부 앞에 놓여 있었다. 늦은 나이에 아이를 가진 터라 나이가 있는 우리 부부는 아이 교육 때문에 함께 살지 못하는 힘든 시기를 보내는 것이다.

떨어져 있는 동안, 남편은 홀로 서야 했다. 스스로 잘 먹고, 잘 자고, 혼자만의 시간을 온전히 잘 보내야 하는 숙제를 안게 되었다. 혼자라는 외로운 시간을 자기답게 보내야 했고, 자신을 잃지 않는 고독의 시간을 보내야 했다. 그 고민의 무게만큼이나 우리 셋은 성숙해지기도 했다.

나는 그나마 글쓰기로 위안을 얻었다. 게다가 제주 2년 차엔 우리가 사는 대정에 작업실을 하나 만들었다. 혼자만의 공간으로 만들면서 나의 첫 책『헤르만 헤세처럼 그려라』의 제목을 따 작업실 현판으로 달았다. 현판을 달자 내 안식처가 생긴 듯 마음이 훈훈하다. 나만의 공간이 생기니 이전보다 훨씬 안정감 있는 생활이 만들어졌다.

제주도 생활에서 내가 가장 잘 알게 된 건 '나'에 대해서다. 그어느 시간보다 내가 어떤 취향의 사람이고, 어떤 쪽으로 관심이 있는지, 어떻게 살고 싶어하는지를 잘 알게 되었다. 그렇게 알게 된 것 중 하나가 "나는 내 공간, 작업실이 없으면 안 되는 사람이구나."라는 사실이었다.

작업실엔 내가 좋아하는 '2000 테이블'이 있고, 내가 좋아하는 책들이 있고, Coffee가 있고, 그림이 있다. 언제나 밤샘 작업이 가능한 공간, 낭만이 있는 공간, 나다운 공간, 매일 아침 작업실에 들어오면 나를 느낄 수 있는 그런 공간이 나의 작업실이다. 제주도에 작업실을 열고 나니 나는 더 이상 제주도가 낯설지도, 두렵지도 않아졌다.

나는 제주 대정읍에 있다. 이곳 대정에는 '추사관'이 있다. 추사관은 김정희 선생이 유배 생활을 하며 남긴 흔적을 모아 놓은 곳이다. 대정은 추사 김정희 선생이 1840년 윤상도 옥사 사건에 연루되어 약 9년간 귀양살이를 했던 곳이다.

나는 추사관의 고즈넉한 '세한도'를 언제나 달려가 볼 수 있는 거리의 내 공간에서 그저 나답게 오늘도 열심히 그리고, 쓰고, 놀고 있다. 내 나이 오십 이후부터 제주에서 뜻밖에 낭만이 있는 삶으로 다시 태어났다고 해야 할까? 아는 사람들과 지내는 삶이 아니라 나 자신과 잘 지내는 그런 날들을 만나고 있다.

혼자 작업실에서 꽁냥꽁냥거리면서 앉아 있으면 성인부 교육 문의 전화가 많다. 그렇게 인연이 된 몇 명의 그림 제자들과 함께 나는 더불어 성장하고 있다. 나이가 적든 많든 그림을 진정으로 사랑하는 사람이거나 그림이 필요한 간절함이 보이는 사람을 만날 때 나는 가슴이 두근거린다. 그런 설렘으로 우리는 함께 그림을 그린다.

제주도 국제학교를 선택하며

"아이를 어떻게 교육해야 할까?"

네 살, 다섯 살 아이를 영어유치원에 보낸다는 것은 미국 교육을 선택했다는 의미다. 외국어를 선택하는 문제가 아이의 미래에 어떤 영향을 끼칠지에 대해 나는 우리 아이가 다섯 살이 될 때까지 그 중요성을 전혀 인지하지 못했다.

아이가 다섯 살 때부터 2년 동안 영어유치원을 보냈다. 아이는 생각보다 영어를 잘 따라 하고 잘 받아들였다. 이에 박차를 가해 일곱 살이 되자 나는 아이를 데리고 외국으로 나갔다. 해외에서 3, 4년 정도 공부를 하면서 영어학습의 기회를 이어가고 싶었다.

그 과정에서 선택한 곳이 대자연의 생활이 가득한 호주의 '브리즈번'이었다. 하지만 여덟 살에 초등학교를 입학하면서 전 세계에 COVID-19가 퍼지기 시작했고, 해외에서 불안한 마음에 우리는 한국으로 부랴부랴 들어왔다.

나는 아이의 외국어 수업을 이어주고자 이번엔 제주도 국제학교를 골랐다. 그렇게 초등 1학년을 제주도에서 시작하게 되었다. 아이는 해외 학교보다 제주도 국제학교를 좋아했고, 빠르게 적응했다.

8월 학기 시작에 앞서 도착한 우리에게, 제주도의 하늘은 마냥 드높고 아름다웠다. 설렘과 두려움이 반반이었다. 그렇게 시작한 우리의 생활도 이제 2년이 넘어가고 있다. 깊은 고민 없이 선택한 제주도살이 2년은 걸음마 아기에서 청년이 되는 과정이었다.

여행지로만 알고 있던 제주도를 생활인으로 대하고 보니, 대부분 낯선 생활의 시작이었다. 날씨가 조석으로 변하는 환경에 적응해야 했고, 아는 사람이 없는 곳에서의 생활에 익숙해져야 했다. 해외에서 느끼는 것과는 또 다른 고독과 고민이 생겼다.

가족과 긴 시간 떨어져서 1주나 2주에 한 번 보는 생활을 해야 하고, 남자아이인데 성장 과정에서 아빠의 교육이 부족하진 않을까? 하는 염려도 있었다.

어떤 선택에도 대가가 있기 마련이다. 그러나 분명한 건, 고민이란 사람을 성숙하게 하고 성장하게 도와주기도 한다는 사실이다.

기대, 적응, 고독, 고민은 끝이 없다. 그 사이를 오가며 나는 아이와 함께 제주도 대정에서 성장하고 있다.

제주도에서 학교를 다니게 된 마우이

인간에게 '그림'이 주는 것

사람들은 그림을 '있는 그대로 그려내는 것' 정도로 안다. 현대 미술의 존재감이 커진 지금도, 입으로는 '그림은 그런 게 아니야!'를 외치지만, 역시 그림 앞에서 비슷하지 않으면 자신도 모르게 "와, 진짜 못 그렸다."라고 말하곤 한다.

그림의 본질은 있는 것을 그려내는 것이 아니다. 없는 것을 그려 내는 행위이다. 사진의 출현으로 '있는 것을 그려내는 것'은 미술의 기능에서 사라진 지 오래되었다. 자신 안에 있는 그것을 찾는 여정이 그리기다.

"내 속에서 솟아 나오려는 것, 바로 그것을 나는 살아 보려고 했다. 그러기가 왜 그토록 어려웠을까?"

헤르만 헤세의 말처럼 내 안에 있는 바로 그것을 투사해내는 과정이 미술이고 표현의 본질이다.

누구는 투사 능력이 뛰어나다. 또 누군가는 투사 능력이 부족하다는 이유로 자신의 그림 표현에 약점이 있다고 생각한다. 하지만 미술은 자기 안의 상상력을 그려내는 것이다.
그래서 미술은 '내 안의 나'인 것이다. 다르게 표현하면 내 밑바닥에 있는 것을 끄집어내는 행위이다.

작가란 무엇일까? 자기 세계가 있고, 그 세계를 도구를 이용해 드러내는 존재다. 나는 헤르만 헤세의 작가 정신이 좋다. 그의 작품은 언제나 자신을 드러내고 있기 때문이다. 그의 지성과 감수성, 그가 선택한 삶의 방식을 나는 좋아한다.

글로써 자기 세계를 드러내던 헤르만 헤세는 어느 날 그림이 '내 안에 있는 것을 이미지로 드러낼 수 있는 멋진 상상의 도구'라는 것을 깨달았고, 그 느낌을 놓지 않고 40년간 미술작업을 했다.

그림이 주는 것

인간은 누구나 마음 안의 것을 그릴 수 있는 그런 존재로 태어났다. 마음 안의 그것, 그게 바로 그림이다.

인생의 정답은 아무도 가르쳐 주지 않는다!

인생에 정답이 있을까? 있다고 쳐도 정답을 아는 이는 있을까? 인생의 답은 각자에게 주어지고, 그저 그 시간 그 길에 서 있을 때, 문득 알게 된다.

나는 나이 오십이 되면 인생을 대단히 성숙한 눈으로 바라볼 줄 알았다. 그러나 꼭 그렇지 않았다. 오십이 넘는다는 건 정답과 함께하는 것이 아니라 오히려 젊음이 지나버린 청춘을 아쉬워하고, 다가올 늙음에 대한 불안과 함께 뚜렷하지도 자신답지도 않은 정체성에 고뇌하는 자신과 마주한다는 의미다.

누가 미리 이야기 좀 해주었다면, 나는 과연 지난 세월 무엇을 준비했을까? 아마도 아름다움을 조금 더 깊이 느끼는 낭만을 장착했을 것이다.

"너는 이래야 해!"라는 편견 속에 갇히지 않고 부드러운 삶, 탄력도가 높은 그런 생활을 했을 것이다. 그래도 나는 나의 지난 시간에 대해 등 두드리며 토닥여 주고 싶다. 그러면서 이렇게 말하겠다.

"잘 지내 왔어! 그러면 된 거야!"

이런 다독임이 있어야 세월의 파도에 떠밀려 가지 않는다. 지나온 시간 때문에 앞으로의 시간을 잊어버리지 않는 방법은 나의 지난 시간을 토닥이며 등 두드려 주는 것이고, 지금 보내는 시간에 가슴 두근거리는 것이다. 나는 어떻게 가슴 뛰는 삶을 살아갈 수 있을까? 쉰 살 이후에 가슴이 두근거리려면 도구들이 필요하다.

젊은 날을 기억하는 가슴은 무턱대고 뛰기도 한다.
나는 내가 좋아하는 음악이 나와야 가슴이 뛴다.
제주도 4월의 대정 길가에 핀 벚꽃을 보아야 가슴이 뛴다.
영화를 보아야 가슴이 뛴다.
뛰어야 가슴이 뛴다.
그림 작업할 때 가슴이 뛴다.
글을 쓸 때 가슴이 뛴다.

이처럼 많은 도구가 있어야 가슴이 뛴다. 그런 도구들을 이용해서 가슴 뛰는 오십 대를 보내는 지금이 소중하고 그런 일상에 감사한다.

사실 불안할 때도 가슴은 뛴다. 그러나 가슴이 뛰는 것 자체로 좋다. 그것은 살아 있다는 증거이기도 하니까.

나는 나이 듦의 불안 때문에 뛰는 가슴도 붙잡고 기꺼이 받아들이며, 또한 벚꽃을 보며 그 아름다움과 똑같이 가슴 뛰기도 하는 오십 대의 삶을 지내고 있다.

제주와 함께 살아가는 나의 오십 대를 사랑한다. 사계절이 무척 다른 제주도는 팔색조의 매력이 있다. 긴 겨울 비바람과 쓸쓸함을 길게 보내고 온 4월은 아름다운 봄이다. 4월엔 대정의 길가에 핀 벚꽃이 내게 말한다.

"인생은 아름답고 살 만한 거야! 그러니 너무 미리 준비하려 하지 말고 지금을, 이 순간을 아름답게 느끼며 지내."

제주도 4월, 벚꽃이 창조하는 시공간

대정의 4월은 벚꽃이 제일 먼저 핀다.

"벚꽃이 이렇게나 아름다웠구나."

벚꽃나무 그늘에 서 있으면, 바람에 흩날리는 벚꽃잎이 머리 위에 떨어진다. 벚꽃이 창조하는 아름다운 시간 안에 나는 제주도 4월의 벚꽃잎이 된다.

"오늘은 아름다운 나의 오늘을 벚꽃에 맡겨봐야지."

하곳길에 벚꽃 아래서 웃으며 사진을 찍는 아들과 엄마의 모습은 그냥 하나의 작품이다.

쓸쓸하지만, 4월의 제주도 대정은 또한 상큼하다. 이건 벚꽃들이 새로운 시공간 속에 창조해낸 일종의 기적이다.

갈대의 낭만

대정은 정말 갈대가 많다. 눈을 돌리면 어디든 거기에 갈대가 서 있다.

제주도 갈대는 너무 연약하지 않아 좋다.
하늘의 빛깔이 유난해서일까?
부드럽지만 어느 나무보다 생명력 있어 보인다.

색이 푸르지 않은데도 느껴지는 생명력과 아름다운 자태가 곱다.

대정의 갈대

노을이 어울리는 그 모습에 나는,
오십 살 이후의 내 삶과 갈대를 비교해 보기도 한다.
제주도에 살게 되면서 나는 갈대를 늘 본다.
특히나 오후 해지는 곳에서 보여주는 갈대의 낭만은
가슴이 짠할 정도로 낭만적이다.
대정의 갈대는 낭만이다.

제주도에서 지낸 추석 차례

아버님이 살아 계실 때의 일이다. 차례 지내는 곳을 본가에서 우리 집으로 바꿀 때 처음엔 참 낯설었다.

지난 추석에는 COVID-19로 전 세계가 어수선했다. 그래서 아이와 나는 서울로 가지 않고, 제주도 집에서 추석 차례를 지내기로 했다. 제주엔 제기도 없고 상도 없어서 집에 있는 것들만으로 최대한 정갈하게 차려 보았다.

차례상을 차리고 보니 향꽂이가 없어 스타벅스 컵을 임시방편으로 사용했다. 그걸 보니 웃음이 빵 터진다.

나는 가톨릭 신자라서 성당에 다닌다. 가톨릭 교리는 차례상을 허례허식 없이 간소하게 차리도록 권하는 편이다. 그렇지만 차례나 제사를 모실 때만큼은 정성을 다한다. 보이지 않는 조상을 섬긴다는 것이 나는 아름다운 전통이라는 생각한다. 그리고 아버님, 어머님께 온 마음으로 기도드린다.

"후대를 잘 돌보아 주세요."

제주도의 우리 추석 차례상은 동서양이 만나고, 보이는 것과 보이지 않는 것이 만나고, 소박한 음식과 마음이 만나니 'ART'하다. 우리 가족은 행복한 차례를 지내고 함께 제주도 나들이에 나섰다.

제주도 집에서 지내는 추석 차례

열 살의 자존감

그림 한 점 그리면서 살릴 수 있는 것이 열 살의 자존감이다. 아직 말랑거리는 마음이 있는 모양 그대로 드러나서, 스스로 만족하는 작업이 나오면 그보다 즐거울 수 없기 때문이다. 자존감이 떨어진 아이와 그림 한 점 그려서 도란도란 이야기하다 보면, 어느새 10살 자존감은 금세 회복된다.

10살 아이의 그림은 그 순수의 무게만큼이나 맑다. 그림 한 점으로 자존감이 올라가는 그 순수성이 부럽다.

만약 아이에게서 어려움이 느껴진다면 붓을 들어 그림을 그리게 해 보자.

인간은 무력감을 느낄 때조차 그림으로 자신의 마음을 치유하고 자존감을 올리며 살 수 있다. 벽화를 남긴 원시종이 우리 인류의 기원이다. 그들이 그린 원시 미술은 누구에게 배워서 그린 것이 아닌 인간 고유의 선으로, 스스로를 치유하고 고상한 존재임을 드러내고 있다.

열 살 아이의 자존감을 회복시키는 특효약이 바로 '그림'인 셈이다.

제주도의 바다를 표현하는 10살 MAUEE

자아를 찾아가는 멋진 작품

헤르만 헤세는 『데미안』의 첫 줄에 이렇게 말한다.

"내 속에서 솟아 나오려는 것. 바로 그것을 나는 살아 보려고 했다. 그러기가 왜 그토록 어려웠을까?"

그림을 그린다는 것은 헤세의 말처럼 "내 속에서 솟아 나오려는 것", 그것을 찾는 과정이다. 그 과정은 철저히 혼자만의 과정이다.

여럿이 함께 모여 있는 작업실에서 나는 단지 내 안의 것을 그림으로 작업하는 선배이다. 그저 후배에게 자상하게 여러 그림의 재료들, 그리고 그림 이야기를 해주는 그런 역할을 맡을 뿐이다. 그러나 한편으로 그 덕분에 그림 속에서 저마다의 독특하고 진기한 자신만의 세상을 찾아내려는 과정에 동참하는 영광을 누리기도 한다.

대부분의 사람들은 그림을 그리는 일을 거창하다고 생각한다. 그렇지만 원시 미술에서 볼 수 있듯, 그림은 누구에게 배우는 것이 아니라 그저 본능임을 우리는 이미 알고 있다. 내 속에서 솟아 나오려는 그것, 바로 그것을 그리면 되는 거다. 그게 그림이다.

고등학생 안치훈 군의 작품 창작 과정을 보았을 때, 자아를 찾는 과정이 내겐 매우 신선하게 다가왔다.

"동그라미는 나의 동기들을 뜻하며, 가운데에 있는 나를 사과로 표현했어요. 사과는 나를 뜻하니, 나 자신에 관한 진지함을 드러내야겠다고 생각하며 작업했습니다."

형태가 무엇이든 작가의 고민은 고스란히 작품에 남는다. 안치훈 군의 작업은 분명 고등학생다운, 자신 안의 그것을 찾으려는 작업이었다.

독특함만을 추구하기보다는, '툭' 하고 나오는 그저 자신다운 것을 그려보는 작업, 작업 시간 내내 그저 고민해 보는 것, 그저 이야기해 보는 것, 그런 과정을 즐기는 고등학생 안치훈 군과 그의 작품이 멋지다.

제주도 내 작업실에는 이렇게 자아를 찾아가는 작품들 이야기가 가득하다.

제주국제학교 9학년 안치훈 군의 작품, acrylic, 자아를 찾아서

2장

나는 배움을 안다

매일
성장의
배움 찾기!

낭만을 품은 제주도 하늘

호주라는 말보다는

나는 '호주'라는 말보다는 '브리즈번'이라는 말이 더 좋다. 브리즈번이라는 말에는 하늘이 있고 구름이 느껴지기 때문이다.

나는 '제주도'라는 말을 좋아한다. 하지만 제주도에서 2년을 지내다 보니 이제는 제주라는 말보다는 '대정읍'이라는 말이 더 좋다. 나는 지금 제주 서귀포시 대정읍에 살게 된 인연 때문에 '대정댁'으로 살아가고 있다.

대정에는 유럽에서 느끼는 운치가 있다. 높은 건물이 없고, 하늘이 잘 보인다. 사람이 드물고, 계절마다 길가에 핀 꽃이 유난히 반갑다. 하늘은 맑고, 꽃은 아름답다.

가족과 길게 떨어져서 지내야 하는 상황이라 가끔 여러 가지 복잡한 생각에 잠겨 있을 때, 서울 한복판의 복잡함과 다르게 높이 뜬 제주 하늘이 내게 말을 건넨다.

"그래도 오늘 제주 하늘이 참 아름답지? 너에게 주어진 오늘 하루에 감사해라."

그렇게 하늘이, 내가 나에게 말을 건다. 대정은 브리즈번을 닮아 매력이 있다. 대정에서도 브리즈번에서도 내게는 혼자만의 시간이 많이 주어진다. 외롭고 쓸쓸하기도 하지만, 그것이 오히려 감사하고 감사하다.

대정 덕분에 나는 쉰 살 이후로도 아직 낭만이 있는, 가슴이 두근거리는 아침 8시를 매일 맞이하고 있다. 나의 대정 아침은 아름답다. 서정적이고 운치 있는 곳이라 더욱 그렇다.

대정의 봄날

친구가 동백을 보러 제주도에 가족과 놀러 왔다. 유명한 그곳에 정작 동백이 안 피었더란다. 그런데 잠깐 차 마시러 온 대정 길가에 서 있는 동백들을 보았다며 놀란다.

"어머! 제주 동백이 다 여기에 있었네."

대정의 길가에 있는 동백은 겨울 동안 예쁘고, 봄이 되어도 있다. 대정은 그런 곳이다. 길가에 동백이 만들어내는 아름다움이 있다.

대정의 봄

대정엔 사람들이 많이 없다. 그 덕분에 철마다 동백이 아름답고, 어느 곳보다 벚꽃이 아름다운 곳이다.

봄날, 아이가 집 앞에서 자전거를 타고 가는 모습을 보고 나는 기도한다.

"지금 그대로의 모습으로 어른이 되길 바래. '자연이 좋아!'라는 마음으로 여유 있게 살 수 있기를~."

제주도 봄 햇살이 비추는 아이를 나도 뒤이어 따라간다. 봄을 머금은 대정의 봄 길가는 눈부시게 아름답다.

작업실을 제주도에 만드니 좋은 점

뭍에 있는 짐을 섬으로 옮기는 일은 만만치 않다. 일단 그림 원본을 가지고 오지 않기로 정하니, 조금 수월해졌다. 그래도 나의 자식 같은 그림을 보고 싶은 마음에 처음으로 그림 원본을 판화 작업으로 바꾸어 100호로 갖고 왔다.

창의성이란 시도하는 것이라는 말이 맞나 보다. 내 그림이 판화 작업과 꽤 잘 어울려서 놀랐다. 이전에 브리즈번으로 떠나기 위해 잠실 작업실의 짐을 싸서 풀지도 못한 채 집 귀퉁이에 쌓아

'헤르만 헤세처럼 그려라' 작업실

놓은 것을 그대로 제주도로 갖고 왔다.

제주도에선 실내장식 하기도 쉽지 않다. 작업을 약속한 날에 꼭 (?) 비가 오거나 날이 사나워진다. 경험이 쌓여 어차피 계획대로 되지 않는다고 생각하니 마음이 편했다. 그림을 걸 수 있고, 책을 볼 수 있고, 그림을 그릴 수 있다면 그걸로 됐다.

그렇게 완성된 작업실이 마음에 든다. 1층이라서 아침마다 멍하게 하늘을 보며 커피를 마실 수 있는 호사스러운 장소라서 더 좋다.

작업실에 물건들이 하나둘씩 놓이자, 더 청영다워졌다. 작업실을 마련하게 되니, 이제 제주도가 편안한 품이 되었다. 일상이 나다워졌다.

제주에 온 지 1년 동안은 서쪽과 동쪽을 누비며 매일같이 잔칫날처럼 나풀거리며 돌아다녔다. 그리고 발길 닿는 그 장소에서 글을 읽고, 글을 쓰고, 느껴 보았다. 그렇게 나의 "헬로 제주!"를 만들었다. 이제 앞으로의 시간은 작업실에서 나다운 이야기로 채울 예정이다. 그림의 품으로 돌아간다.

아이 덕분에(?) 제주도 생활은 하루 중 오전만이 온전한 나의 시간이다. 난 그 시간 동안 혼자서 하고 싶은 걸 꽁냥거리며 즐긴다. 그렇게 일상을 오전, 오후로 나누어 살다 보니 건강한 '페르소나(Persona)'를 몇 개 가질 수 있었다. 엄마로서, 그리고 아티스트로서 살 수 있음에 감사하다. 균형 있게 말이다.

제주도는 참 특별한 장소임은 분명하다. 사람의 마음을 말랑하게 해주고, 내면의 힘을 주는 그런 기운이 있다. 제주도에 있는 동안 나는 낭만적인 사람으로 물들어 갈 것 같다. 금능 바다의 노을처럼 말이다.

작업실을 제주도에서 갖는다는 건 정말 행운이다. 나의 첫 번째 책 『헤르만 헤세처럼 그려라』는 오십 대 이후 내 삶의 길잡이가 되고 있다.

나는 나의 글을 사랑한다. 누구에게 잘 보이려고 쓰지 않는다. 높은 실력의 글재주는 없다. 남에게 보이기 위해 그림을 그린 지도 오래됐다. 이제 그리는 것도, 쓰는 것도 그저 내가 하고 싶은 걸 지구의 중력처럼 하고 싶을 뿐이다. 앞으로 오래도록 그럴 것이다.

제주도 작업실 이름을 '헤르만 헤세처럼 그려라'로 적어 보니 참 좋다.

내가 제주도 국제학교를 선택한 이유

우리 시대 교육은 선택의 폭이 넓지 않았다. 주어진 대로 공부하고, 생각하고, 틀 안에서 공부했다. 그래도 확실한 안전지대가 있었다.

나는 그렇게 한국에서 주입식 교육을 받은 세대였다. 그러나 지금 시대의 교육은 형태와 본질적인 면에서 많은 변화가 있었다. 진통을 겪고 나서, 다양한 교육 형태가 자리를 잡은 상황이다.

나는 아이와 세대 차이가 어마어마하다. 오히려 그렇기에, 나는 요즘 시대를 이해하려는 노력을 기울인다. 글로벌 서적을 읽고, 시대 흐름의 변화를 파악하려 노력했다. 덕분에 나는 나만의 교육철학을 세워나가고 있다.

나는 아이의 초등 교육을 자연이 아름다운 호주에서 받게 하기로 했다. 호주는 '신의 선물'이라고 부를 만큼 아름다운 대지를 갖고 있으니 궁금하기도 하고, 그런 환경 속에서 학교에 다니게 해 주고 싶었다.

호주에서도 브리즈번은 아픈 사람들이 치유의 목적으로 지내는 곳으로도 유명할 만큼 아름다운 시골이다. 그렇게 나는 아이와 브리즈번으로 떠났다. 아이는 적응을 너무 잘했다. 자연의 아름다움을 만끽하는 생활이었다. 무지개가 아름답고, 풀이 좋다고 이야기하며 학교에 다녔다. 그렇지만 갑작스러운 COVID-19로 인해 한국으로 돌아와야 했고, 나는 고민 끝에 제주도에 있는 국제학교를 선택했다.

제주도에 와서도 아이가 잘 적응하고 좋아하는 걸 보니, 다시 한 번 '좋은 선택이었구나!' 하는 생각이 들었다. 제주도의 국제학교 근처에 큰 건물이 없어서 브리즈번처럼 자연으로 둘러싸인 환경이다. 자연과 함께 전인적인 수업을 할 수 있도록 도와준다.

제주도에 있는 네 곳의 국제학교는 각각 성향이 뚜렷하다. 영국학교, 미국학교, 캐나다학교의 커리큘럼으로 진행되니 각자의 특성이나 희망에 따라 선택해야 한다. 외부에서 말하는 학교 레벨에 관한 이야기는 사실이 아닌 경우가 많다. 직접 제주도에 와서 겪어 보면서 각자 답을 내야 정확하다. 직접 그 안에 속해 보지 않고, 배워 보지 않고 이야기할 수 없는 것이 바로 교육이다.

부모로서 아이에게 자연과 함께하는 환경을 주고, 아이 스스로 자신의 길을 찾을 수 있도록 협력하는 조력자가 될 마음을 갖는다.

학교 교정에서 노는 아이

내 남동생은 대학을 한국에서 졸업했지만, 한국은 자기와 맞지 않는다고 생각하고 일본을 선택했다. 그리고 일본에서 사는 삶을 선택했다. 일본인 아내를 맞이했고, 이제 일본인이 되었다.

동생이 브리즈번에 왔다가 한 말이 잊히지 않는다.

"누나. 나는 20대에 선택한 나라가 내 인생을 어떻게 바꾸는지 알게 됐고, 그때 용기를 내지 못하고 안주하고 살았다면, 나의 40대는 힘들었을 거야!"

내 아이가 사는 세상은 태어난 곳에서 생을 마감하는 세상은 아닐 것이다. 내 시절에는 태어난 곳에서 생을 마감하는 것이 대부분이었다. 그때 고등학교 때 제일 친했던 친구가 떠올랐다. 그 친구는 가족이 미국으로 이민 가게 되어 그곳에서 대학을 나오고, 결혼하고, 아이를 낳고, 미국인이 되었다.

가만히 생각해 보니 나와 가장 가까운 사람들이 당당히 다른 나라를 선택하여 수십 년을 보내는 것을 본 나는, 어쩌면 내 삶에 갇혀 생활했다고 생각했는지도 모른다. 그래서 아이에게는 좀더 넓은 선택지, 자유로운 의지를 가질 수 있도록 돕고 싶었던 것 같다.

나 또한 자유로운 선택을 하고 싶었던 어느 시기에, 가장 큰 걸

림돌은 '언어'였다. 준비되어 있지 않은 언어는 선택의 폭을 좁혀 주었다.

나의 경험, 소망, 가까운 사람들의 선택, 그리고 쏟아져 나오는 미래에 대한 전망. 나는 그것들을 모아 아이가 자유로운 언어를 토대로 아름다운 자연을 선택하는 그런 주체가 될 수 있도록 교육하고 있다.

국제학교의 공통언어는 '영어'다. 모국어를 중요시하지만, 영어로 기본 소통을 하며 제2외국어 학습을 필수로 한다. 이곳에선 건강한 신체에 타인을 배려하고 존중하는 습관을 갖게 하는 매너 교육을 중요시한다.

선택에는 희생이 따르기 마련이다. 부모가 자식을 위해 할 수 있는 것은 각자 처한 환경에 따라 다르다. 정답 같은 것은 없다. 그렇지만 모든 부모에게 교육철학이 있기를 소망한다. 철학이 있다면 올곧게 길을 잃지 않지만, 교육철학이 없다면 순간순간 흔들리고, 쉽게 다수의 길에 합류하고, 함께라서 다행이라는 안도로 아이들을 몰개성으로 끌고 갈 수 있으니 말이다.

저마다의 소질을 키우는 그런 개성 가득한 교육관을 위해, 부모님들 먼저 쇄신하길 소망해 본다. 나는 어린아이를 기르면서 나 자신의 고집과 가치관을 버리고, 새로운 가치관을 세우고, 새롭게 보려고 노력한다. 부족하지만 어떤 지점에 이르면 아이가 끌어가니, 나는 그 길에서 손뼉을 쳐 주고 응원하면 되리라고 믿는다.

나는 아이가 "자연이 좋아!"라는 말을 잊지 않도록 살게 하고 싶다.

제주도는 매일이 잔칫날!

내가 1년 넘게 지낸 제주도는 매일이 잔칫날이었다. 제주도는 전체가 바다로 둘러싸여 있고, 하늘은 푸르고, 나무는 이국적이고, 바람은 더할 수 없이 시원하다. 바다와 육지의 음식들이 적절하게 배합되어, 제주도 한 바퀴를 뱅그르르 돌아도 어디든 잔칫날처럼 차려주는 맛집들이 가득하다.

끼니마다 잔칫상을 받고, 후식 또한 제대로다. 잔칫날의 잔칫상. 하나같이 진기하고, 신기하고, 맛깔스럽고, 멋스럽다. 매일 이렇게 잔칫날처럼 북적이니 매일의 감정은 든든하고, 웬만한 일에는 화가 나지 않고, 화가 좀 나더라도 저녁노을에 스르르 녹아 없어져 버린다.

매일 잔칫날을 품은 제주도에서 365일도 훨씬 넘은 시간을 보내고 있으니, 내 머릿속은 상상력이 가득하고, 어려운 문제를 쉽게 풀어갈 줄 알게 되었다. 지난날의 나에 대해 흔쾌히 용서할 줄 알며, 현재를 지나 앞으로 오게 될 미래가 아름답게만 느껴진다.

누구라도 찾아오면, 반가운 마음에 잔칫상 가득한 곳으로 데리고 다닌다.

아침이 밝아오는 새벽의 제주도 하늘은 늘 같은 이야기를 들려준다.
"오늘도 잔칫날이니 잘 놀아보자!"
나는 기쁘게 대꾸한다.
"그래!"

제주도에서 매일 한 권씩 책을 신청하다

제주도에는 작은 책방들이 많다. 대중적인 큰 서점이 대정에는 없다. 제주도에 내려와서 한동안은 책방 투어를 하면서 구입한 책들과 지냈고, 최근에는 매일 한 권씩 인터파크에 신청하고 있다. 책 택배 받는 재미가 너무 쏠쏠하다. 제주도 집에는 거의 매일 책 택배가 온다. 그런 내 일상이 꽤 맘에 든다.

제주도에 무료 작은 책방을 열고 싶다는 소망이 생기기도 한다.

자신이 좋아하는 일들의 루틴이 쌓이면 자신도 모르게 삶이 아름답고 여유로워진다. 감사한 마음이 절로 든다.

배달 온 '책 언박싱' 매력에 빠진 제주도 삶이라~ 생각만 해도 꽤 낭만적이다.

Hello Jeju!

"우리가 반복해서 하는 행동이 곧 우리다. 그렇게 보면 탁월함이란 행동이 아니라 곧 습관이다."(We are what we repeatedly do. Excellence, then, is not an act, but a habit.)

_아리스토텔레스

나는 이 말에 늘 격한 공감을 한다. 나는 아이와 제주에서 2년째 사는 중인 대정댁이다. 2020년 8월부터 제주 대정댁이 되었다. 그동안 내게 제주는 여행지였고, 한국에서 가장 멀리 여행하러 오는 곳이었다.

첫 1년은 여행자로 돌아다녔다. 홀로 서 있는 방랑객처럼 말이다. 하늘은 푸르고, 나무는 이국적이라서 브리즈번 때와 별반 다르지 않은 1년을 보냈다. 이제 그림 그리고, 책을 읽고, 글도 쓰는 소소하고 잔잔한 대정댁으로 삶을 살아가고 있다.

그 기간에 나는 열심히 이 글들을 썼다. COVID-19로 인해 출판이 미뤄지는 동안, 이제 설렘을 갖고 다시 세 번째 책을 준비하고 있다.

제주도 책을 쓰면서 브리즈번과 제주도를 헷갈리기도 했다. 브리즈번과 제주도는 참 닮았다. 내 마음속 크기가 닮아 있는 건지도 모르겠다.

『아이 엠 브리즈번』 프롤로그에 나는 이렇게 썼다.

"아이와 함께 영어를 고민하는 부모님과
마음이 지칠 대로 지친 누군가와
사랑하는 가족과의 여행이나 여름휴가 때 찾으면 좋은 곳!"

신기하다. 제주도에도 딱 맞는 이야기이니 말이다. 제주도의 예지몽 같은 책이 바로 『아이 엠 브리즈번』일까?

제주도 노을풍경을 달리며

아이가 스승이다!

"아이가 나의 스승입니다."
아이 때문에 길 떠난 브리즈번에서 나는 내 인생의 아름다운 서정을 만났고, 아이 때문에 오게 된 제주도에서 자연과 함께 사는 삶을 알아가고 있다.

길에서 아이를 기다리는 시간이 많아진 생활 덕분에 나의 이야기를 글로 쓰는 작가가 되었다. 아이들의 세상은 낭만적이고 무지개가 참 잘 어울린다. 쉰이 넘은 나이에, 아이 덕분에 나는 무지개의 아름다움을 잊지 않게 되었다.

아이가 스승이다.
새로운 것에 익숙해져야 한다.
아이는 새롭게 늘 성장하고 있다.
나 또한 아이를 스승으로 생각하고, 성장을 다짐하며 오늘도 글을 쓰고 있다.

아이에게 감사하며, 제주도의 하늘에 감사하다.

아이가 스승

나의 시절, 이어령 선생님

나의 시절 이어령 선생님은 지성인의 대표였다. 비판적 사고로 많은 걸 드러내셨으니 말이다. 우리 시절 문화부 장관. 그리고 88올림픽의 굴렁쇠 이미지를 만든 창의적인 아이디어꾼, 글을 쓰는 행동가.

이어령 선생님이 돌아가셨다는 뉴스를 보았다. 돌아가시기 직전에 인터뷰 형식의 책이 한 권 나왔다. 그 책 속 한 줄이 내 삶의 길잡이가 되었다.

"나는 계몽도 영광도 멀리하네. 그저 내가 좋아서 할 뿐이지."

이 말에 울림이 있다.
나는 다시 읊조린다.

"나는 계몽도 영광도 멀리하네. 그저 내가 좋아서 할 뿐이지."

나이가 드니 나도 그렇게 살고 있다. 그저 좋아서 하는 일을 하는 삶을 살고 싶다.

제주도 책방에서 책을 고를 때

자신만의 기준이 있다면, 작은 책방 가는 길도 즐거워진다.

책은 꼭 끝까지 읽어야 한다는 의무감을 버려 보자.
책이 처음부터 끝까지 감동이길 미리 포기해 보자.
그저 몇 줄이 마음에 닿았다면, 성공한 책 읽기다.

책의 목차는 읽고 싶거나 필요한 부분만을 골라 읽으라는 길잡이와 같다. 여행지에서 모든 장소를 들려야만 그 여행이 '찐'이건 아닌 것처럼. 책 읽기는 여행과 닮았다.

책을 많이 읽다 보면, 뽑아 먹어야 하는 부분을 알게 된다. 그것을 그 책 속에서 읽는 거다. 호기심을 자극하는 책이라면 당연히 모두 읽을 수밖에 없다.

마음 깊이 당겨지는 책.
신나고 재미있는 책.
내 정서와 딱 맞아떨어지는 책.
쉽게 줄줄 읽히는 책.
그림이 많은 책.

당연히 좋은 책들이다. 책이 지루하다는 편견은 버리자. 책을 읽는다는 건, 일상이 여유롭고 폼 나게 해주는 일이다. 고뇌를 쥐어짜거나 너무 힘들게 노력해야 폼이 나는 건 아니다.

툭툭 그냥 무심할 때 멋이 나듯, 그렇게 자기 멋에 읽는 독서도 매력 있다.

책 읽는 아이

대정에서 열 살이 된 마우이에게

"엄마, 나는 우리 학교가 좋아!"
"왜 좋아?"
"자연이 좋고, 선생님들이 좋고, 공부도 재미있고, 친구도 좋아."

일곱 살이던 마우이(MAUEE)는 "엄마, 난 풀이 좋아!", "엄마, 난 무지개가 좋아!"라고 말했다. 어느덧 열 살이 된 마우이는 사람들이 좋다고 한다. 자기가 하는 것을 좋아한다고 한다. 아이가 부쩍 커 보인다.

"아들아, 앞으로도 지금처럼 말해주렴." "사람이 좋고, 지금 하는 것이 좋고, 자연이 좋아."라고 말이야. 엄마는 네가 그렇게 살아가길 기도할게.

대정댁이 된 나는 마우이의 성장을 위해 아름답게 노력해 보려 한다.

제주도에서 인연이 된 제주국제학교(KISJ)

나는 많은 정보보다 내가 선택한 그곳의 인연을 믿는 편이다.

브리즈번에서 제주도로 내려오면서, 마우이는 제주국제학교 (KISJ)에 입학하였다. 1학년에 입학하고, COVID-19로 인해 많은 행사가 축소되었다. 그래도 마우이는 브리즈번 존폴보다 이곳이 더 좋다고 이야기한다.

아이가 두 가지 언어를 구사한다고 해도, 모국어 사용이 없는 외국 학교에서는 아무래도 스트레스가 생기기 마련이다. 제주 국제학교에 입학한 마우이는 이 학교가 최고라는 말을 자주 한다.

호주의 학제는 1년 4쿼터로 이루어져 있는데, 마우이는 1학년 2쿼터를 마치고 생각지도 못한 제주 국제학교에 다시 1학년으로 재입학했다. 우리는 1년간 열심히 적응했다. 존폴에서는 학교 환경에 감동하며 다녔다.

그런데 이곳 제주 국제학교에서는 교감 선생님 이야기에 깊은 인상을 받았다. 2022년 2월, '학생 행동 프로그램'이란 주제로 참가한 새로 오신 교감 선생님의 이야기에 크게 감동했다. 줌 미팅으로 이루어진 커뮤니케이션이었지만, 내가 선택한 학교

제주에서 인연이 된 학교 KISJ

의 미션을 이해하게 되었고, 많은 도움을 얻었다.

교감 선생님은 "제주국제학교(KISJ)는 도전적이고, 미국 커리큘럼을 제공하며, 전인적인 인재를 양성한다."라는 미션을 소개하며 이야기를 시작했다. 선생님은 "책임감 있는 학생으로 키우고, 지역과 세계에 도움이 되는 인재로 뻗어 가길 바란다."는 학교의 교육 의지와 함께 『마인드 셋』을 추천 도서로 꼽아주셨다.

학교에서 학생들은 혹시 갈등의 상황이 오면 선생님에게 가장 먼저 알리고, 부모님에게도 알릴 수 있다. 혹시 부모님이 이메일로 아이의 상황을 학교에 알릴 경우, 아이의 언어로 대필해야 함을 가르쳐 주셨다. 아이가 이 문제의 주체자이며 핵심이라는 것을 인지시켜 문제해결에 도움을 준다는 이유였다.

아이들은 누구나 실수할 수 있다. 실수는 배우고 성장하는 기회이다. 갈등하고, 사과하기, 그리고 용서하기, 이 과정에서 아이들은 사회성 강화뿐만 아니라, 용서란 누군가의 행복과 관련된 나눔임을 배우게 된다고 하셨다.

이런 선생님의 말씀에 나는 감동했다. 나도 어떻게 아이와 목표를 함께 갖고 가야 하는지 많은 걸 느끼게 되었다.

학교는 각자의 특성이 있다. 제주에 있는 국제학교는 4곳인데 저마다 특성이 다르다. 이 줌 커뮤니케이션을 통해 나는 아이가 다니는 제주 국제학교의 특성을 파악할 수 있게 됐다. 그리고 나의 선택이 틀리지 않았음에 기분이 훈훈했다.

코로나는 세계 곳곳에 줌 미팅 등 또 다른 온라인 커뮤니티를 결성해 주기도 했다. 나에게는 오늘 줌 미팅의 이야기가 어떤 연설보다 좋았다. 10살 아이를 키우는 나는, 아이들 이야기에 진심인 강연에 가슴이 울린다.

3장.

나는
나를
안다

내 안에
나
찾기

청영 作, 장지, 먹

Here and Now

나는 여기 그리고 지금을 좋아한다. 제주도 하늘은 나의 온 마음을 'Here and Now' 할 수 있도록 도와준다. 나를 온전히 빠지게 할 수 있는 매력은 아름다운 자연환경이다. 제주도는 그런 매력이 있다.

그곳에 있기만 해도 집중이 잘 되는 그런 장소, 있기만 해도 '감사한 마음'이 절로 나는 그런 곳. 바로 제주다.

제주에 온 후, 지난 세월 속의 나를 넉넉히 바라보는 너그러움이 쌓이며, 나는 나 자신에게 너그러운 사람이 되어 가고 있다. 질책하지 않고 늘 응원하고 두둔해 주고 있다.

"그래, 그럴 수 있어!"
"잘 지내 왔어!"

제주도에서 살게 된 대정댁의 삶 속에서도 여전히 제주도가 '지금 여기에' 할 수 있도록, 나는 그렇게 오늘도 제주도 대정 하늘을 바라보며 "아! 감사하다."를 말한다.

크리스마스 때가 되면 나는 형님들과 모여 만둣국을 끓이고, 비빔밥을 비빈다. 존 댄버의 노래를 들으며 어렸을 적 지난 추억을 이야기할 때, 나는 그 분위기가 참 좋다.

겨울, Oh Holy Night(John Denver)

존 댄버의 음성에는 지나온 아름다운 추억이 느껴지는 정서가 있다. 나는 그 느낌이 좋다. 제주도에서 하늘이 보이고, 바다가 보이는 곳에서, 좋아하는 Coffee를 마실 때 들리는 존 댄버의 'Today'. 노래는 위로가 되고, 그 자리 그대로의 모습으로 의미가 생긴다.

Today is my moment (오늘이 나의 중요한 순간이고)
And Now is my story (그리고 지금이 나의 이야기입니다.)

'Today'의 노랫말 "지금이 나의 이야기입니다"는 나를 위로하고 나를 나답게 살게 해주는 귀중한 노래의 한 소절이다. "내가 무엇을 하니 중요하다"가 아니라, 그저 나의 존재 자체로 '나의 이야기'라는 의미다.

'나의 인생'이라는 것, 내 인생에 내가 주인공이라는 메시지다. 그 사실을 깨우치기에 좋은 곳이 바로 제주도, 그리고 이곳 대정이다.

대정댁이 된 지금, 쉰이 넘은 나는 비로소 나다워지고 있다. 모두 제주도 대정마을 덕분이다. 감사하다.

여행지에서의 아침 조식

여행지에서 아침에 먹는 조식은 특별하다. 전날 들뜬 마음으로 여행을 다니며 늦게 잠든 탓에, 다음날 아침은 노곤함과 설렘을 함께 담아 맞이한다.

여행지의 여담 중, 운동화 신고 운동복을 입고 새벽부터 전투적으로 다니는 사람은 분명 한국 사람이라는 말이 있다. 한국 사람들은 여행도 답사기처럼 열심히 보고 듣곤 한다.

나도 한국 사람이어서일까? 여행지에서 늘 새벽에 일어나 조식으로 모닝커피를 마시며, 나만의 시간을 갖는다. 그때 그 시간의 맛은 다르다. 여행지에서 새벽녘에 맞이하는 시간, 그리고 새벽 Coffee. 그것으로 의미는 충분하다.

제주도 대정댁이 되었지만, 제주도를 집으로 대하기는 싫다. 그래서 때때로 제주도 안에서 가족과 1박 2일을 다른 곳에서 지

아침의 커피

내곤 한다. 그럴 때마다 나는 조식으로 모닝커피를 즐긴다. 그
러면 대정맥인 나는 금세 여행자가 된다. 그런 아침 시간은 나
에게 삶의 활력을 주고, 다시 맞이할 월요일에 새로운 활력을
불어넣어 준다.

나는 '공간'의 영향을 많이 받는다. 글을 쓸 때도 마찬가지다.
글을 쓸 때면 공간에 따라 글이 바뀐다. 내가 글쟁이가 아닌 탓
인가 보다. 글을 쓸 때 나는 아마추어라서 자유롭다. 그냥 나답
게 쓰면 되니까.

글은 간단한 자기표현의 도구다. 그러면서도 늘 친구처럼 나를

위로한다. 그림을 그릴 때는 잘게 쪼개지 않고 크게 '내 작품'으로만 분류하니 글처럼 간단하게 대하질 못한다.

올해는 그림도 잘게 쪼개어 포켓 속에 넣어 나답게 데리고 다니려 한다. 글을 쓰면서 나는 중요한 것 한 가지를 배웠다. 내가 하고 싶은 것을 잘게 쪼개어 실행하는 것이 중요하다는 것을.

여행지의 조식은 꼭 놓치지 말아야 할 안내서 같다. 30대 초반에 미술협회의 사무국장으로 활동하며 중국과 단체교류전을 진행하면서 중국을 참 많이 방문했다. 지금으로부터 20년도 넘은 이야기다.

청도 시립미술관에서 전시를 하며 작가 선생님들의 관광을 이끌어 주던 그 시절, 신나게 여행하던 추억들이 많다. 나는 중국의 문화를 그다지 좋아하지는 않는다. 땅이 참 큰 나라라서 그 땅의 크기만큼이나 나라 사람들의 삶이 고르지 않아서다.

이렇듯 내가 선호하지 않는 중국에서도 조식 덕분에 그나마 여행지의 기분을 만끽하는 데 부족함이 없었다. 그 시절의 습관 탓일까? 지금도 나는 여행지에서 아침 일찍 일어난다. 그리고 다음날 모닝커피를 놓치지 않는다.

브리즈번에서도 Coco café에서 나만의 모닝커피를 즐겼고, 아이 학교 벤치에 앉아서도 존폴 커피차가 올 때 모닝커피를 즐겼다. 여행지에서의 습관을 일상으로 데리고 오면 일상에서도 즐거움이 커진다. 제주도 대정댁이 된 후에도 나는 여전히 모닝커피를 즐긴다. 낯선 여행자처럼 말이다.

바다를 보는 1시간

노트북을 켠다. 존 덴버의 노래를 찾아 이어폰을 꽂고 나는 바람에 부딪치는 바다를 본다. 그리고는 여행지에 혼자 있는 나를 느낀다. 아름답고 아름답다. 바람을 타고 밀려오고 다시 밀려오는 파도의 움직임은 아름답다.

바람 부는 날, 파도가 있는 바다는 내게 늘 마음으로 말을 걸어준다. 귀에 꽂은 존 덴버의 노래는 나를 나만의 시간으로 데리고 간다. 나이 쉰이 넘어서야 인생의 사소한 아름다움과 나답게 서 있을 때 느껴지는 중심을 알게 되었다.

아이와 손잡고 떠난 브리즈번 하늘을 보며 나는 내내 빌리 조엘의 피아노 맨을 들었다. 존 덴버의 'Annie song'을 들으며 제주 바다를 본다. 그러면 나의 지나온 세월과 앞으로 오는 삶을 느끼게 된다.

존 덴버가 기타를 치며 부르는 애니 송은 내 앞에 펼쳐질 내 삶 같은 바다와 닮았다. 잔잔하게 있는 바다보다 바람이 불고 바위가 있는 곳에 파도가 쳐서 부딪치는 바다가 더 바다답다.

우리네 인생도 내 앞에 펼쳐진 저 바다와 같으리라. 혼자 나온 바닷가 앞 카페 '수애기'에는 파도가 있고, 내가 읽고 싶은 책도 있고, 언제나 나의 이야기를 줄줄이 들어주는 노트북도 있다.

고요한 마음의 평화와 주어진 모든 것에 감사드린다. 바닷가에서 자주 듣는 음악인 존 덴버의 노래들과 'SOMEWHERE OVER THE RAINBOW', 나를 평화롭게 꿈꾸게 도와주는 음악이다.

2020년 태풍 바비를 마주하다

2020년 8월 26일 2시 즈음, 제주도 집에서 아이와 나는 모든 문을 잠그고, 커튼을 모두 열고, 태풍의 현장을 눈으로 생생하게 볼 마음에 흥분이 가득했다.

아이와 나는 무섭기도 하면서, 들떠 있었다. 아침부터 거세게 부는 태풍은 오후 2시 무렵, "집 앞에 서 있는 나무가 부러지면 어쩌지?" 하는 생각이 들 정도로 바람이 너무 거셌다. 모든 창문과 문을 꼭꼭 잠갔지만 바람 소리는 대단했다. 아이가 외쳤다.

"우리 집 날아가는 거 아니야?"

나도 태풍을 바로 앞에서 마주한 건 처음이었던 것 같다. 10시간 정도 태풍과 하루를 함께하니, 태풍의 위력보다, 태풍에 굴하지 않고 끝까지 버티는 나무가 대단해 보였다. 가늘게 여러 갈래로 나뉘어서, 우아한 자태로 있는 저 여려 보이던 나무는 태풍을 오롯이 온몸으로 마주하며 견뎌냈다.

나무의 경직됨을 나는 별로 좋아하지는 않았다. 그런데 태풍으로 인해 바닥에 닿을 정도로 구부러지면서도 절대 부러지지 않는 모습이 대단히 인상적이었다. 그래서 나는 내내 거실에서 그 나무를 바라보았다.

시내 곳곳에서 도로가 파손되고 버스도 손상되었다는 라디오 방송이 흘러나왔다. 그런데도 우리 집 앞 나무는 너무나 멀쩡하게 서 있다. 태풍 다음날에는 바람은 온데간데없고, 그저 안개만 자욱하다. 나무는 안개 속에서 그대로 아름답게 서 있었다.

"우리 인생도 그렇겠지. 모진 태풍과 폭풍우가 몰아쳐도 그저 서서 버티면, 나를 잃어버리지 않는 거겠지?"

오늘은 집 앞 거실에서 보이는, 맞은편에 서 있는 저 나무가 나의 스승이다.

2020년 태풍 바비가 제주도를 지나가며 내게 말했다.
"지금을 버티어 봐. 그러면 금방 괜찮아질 거야!"

제주도에서 맞이하는 두 번째 겨울

제주도 대정에 우연히 정착한 지 1년이 넘었다. 조금 길어질 듯한 제주살이에 '헤르만 헤세처럼 그려라'의 간판을 단 개인 작업실을 만들었다.

아침에 아이가 학교에 가면 나는 혼자만의 조용한 시간을 즐긴다. 1년 내내 바다를 보며 기도하고, 이곳저곳을 많이도 다녔다. 이제는 자연스럽게 작업실에서 나만의 스타일로 공부한다. "우린 서로 맞지 않는데!" 하면서도 검은 머리 파뿌리가 되도록 사는 그런 노부부처럼 그렇게 제주도와 인연을 맺어보려 한다.

나의 '인연' 작업이 제주도에서 어떤 빛깔을 낼지는 모른다. 그저 제주도에서 잘 놀며, 천천히 나답게 작업해 보려는 것이다.

제주도의 기운은 묘하다. 섬이라서 그런가? 일본에서는 느껴보지 못하는 독특한 기분이랄까? 여행지의 기운 탓일까? 하루에도 여러 번 바뀌는 날씨 탓일까? "그래, 이거다!" 하는 확실한 느낌보다 마음이 구름에 붕붕 떠 있는 기분이랄까? 아니면 바다 위에 둥둥 떠 있다고 표현할까? 어쨌든 이곳 제주는 묘한 매력을 지니고 있음이 확실하다.

섬, 바람, 하늘, 바다. 그리고 나무. 이런 것들이 "사람은 어떻게 자기답게, 깊이 있게 살아야 하는 거야?" 하는 질문의 답을 스스로 파고들게 도와준다.

그래서 제주 2년 차에 우울함이 많아진 것인지도 모르겠다. 우리는 우울을 매우 병적으로 받아들인다. 그러나 전혀 그렇게 받아들이지 않아도 좋다. 우울감은 어찌 보면 내 마음이 말랑말랑해진다는 신호이기도 하니까. 너무 건조해서 오는 '안구 건조증' 같은 것처럼 말이다.

안구 건조증이 오면 안약을 넣고 정성껏 케어하듯, 우울이란 놈이 오면 외면하거나 애써 모르는 체하지 말자. 알아주고 보듬어주자, 그리고 물을 주고 마음을 촉촉하게 가꾸어주자. 그러면 마음 위로 꽃이 핀다. 우울은 다시 나답게 튀어오를 수 있는 마지막 시그널 같은 그런 아름다운 싹인 거다.

1년이 넘은 시간 동안 제주도를 느끼며 다녔던 곳들을 그저 나다운 시각으로 적었는데, 한편으론 "제주도와의 인연이 이제 시작이구나!" 하는 마음이 든다. 처음 가본 그곳과 이제 단골이 되어 자주 가는 그곳은 다르니 말이다.

"제주도란 녀석은 매력 있다. 매력 있어."

눈이 오는 제주도에서

나와 꼭 맞지는 않는 제주도, 여행이라는 단어와 맞는 이곳에서 나는 일상을, 삶을 살아 내야 한다. 이곳에서 태어난 것도 아니지만, 그나마 부산에서 태어난 나의 태생 덕분에 그래도 제주도 바다를 잘 받아들이고 있는 건 아닐까? 제주도는 정말 감성적인 곳이다.

이곳에서 아무리 합리적으로 척척 따져서 생활하려 해도 하늘이, 바람이, 그리고 어느 날은 나무가 나를 내버려 두지 않는다. 그러니 그저 하늘을 자주 보고, 바람을 느끼고, 그렇게 하루 중 절반은 멍청히 있으며 살다 보면 잘 살고 있는 자신이 보일 거라고 느낀다.

이제 제주도에서 두 번째 겨울을 보내고 있다. 작년 겨울은 일렁이는 바다 앞에서 아버지를 위한 기도를 올렸다. 혼자 Coffee를 마시며 뜨거운 눈물을 흘리기도 했다. 제주 겨울은 이중적이다. 제주도는 유배지로 눈물 뿌린 땅이 맞나 보다. 바다가 아름답고 하늘의 풍경이 유난하고, 바다가 말 걸어오는 듯하고, 쓸쓸함마저 아름다움이 된다.

제주도는 대한민국에서 가장 이국적인 도시이다. 제주도가 꿈꾸는 도시로 영원하길 바란다.

그림은 손과 머리를 다른 곳으로 가지 못하게 도와준다

단절을 도와준다.
생각을 중단하고
그저 무의식의 깊은 내가
툭 튀어나온다.

그러니, 그림을 오래 그리다 보면
나다워진다.

미래를 그리는 공간

무라카미 T를 읽으며

'빨간 티셔츠(T)' 하나가 줄에 매달려 있는 책 표지가 80년대 내 청춘의 낭만과 열정을 이야기해 주는 것 같다. 나는 표지를 볼 때 가슴 설레는 책은 꼭 읽는다. 무라카미의 『무라카미 T』가 그런 책이다. 나는 이 책을 50분 만에 읽었다.

역시 내 예감은 틀리지 않았다. 내 젊은 날의 낭만이 느껴지는 대학의 학과 T, 레코드 모양의 T, 작가들의 T. 티 한 장에 시대와 낭만이 읽힌다는 것이 즐겁고 두근거려서 즐거운 산책을 하듯이 읽어 내려갔다.

그리고 '무라카미의 T'가 부럽다. 자신의 티 하나로 살아온 시간을 추억하고, 낭만을 찾고, 훈훈하고 평화롭게 자신의 이야기를 한 권의 책으로 말한다는 것이 신선했다. 특히 첫 장에 나오는 말이 흥미로웠다.

"오래 살다 보니 이렇게 모인 티셔츠 얘기로 책까지 내고 대단하다. 흔히 '계속하는 게 힘'이라고 하더니 정말로 그렇군. 뭔가 나 자신이 계속성에만 의지하여 사는 듯한 기분마저 들 정도다."

무라카미의 T 이야기에서 나오는 이 말에 나는 낭만을 느꼈다.

이 책 속에 몇 번씩 계속 나오는 장소가 하와이에 있는 '마우이섬'이다. 마우이섬 시골 마을의 자선 매장에서 산 티셔츠 이야기가 여러 번 나온다. 내 아들의 영어 이름이 마우이다. 이 책을 읽으면서 나는 아들 마우이와 하와이 마우이섬에 가는 즐거운 상상을 펼쳤다.

어떤 책을 읽었을 때 내 미래가 상상되고, 마음속에 낭만을 불러일으키는 그런 책이 나는 좋다. 멋스럽고 여유 있는 책, 읽는 사람의 상상을 마음껏 수용해 주는 너그러운 책, 넉넉한 책 말이다.

아무런 유명세도 없고 묻힌 책이더라도 괜찮다. 경험이 있고, 살아 있는 자신의 감정, 체험들을 솔직하고 담담하게 써 내려간 이야기들에 나는 끌린다.

『무라카미 T』는 자기답게 쓴다는 것이 무엇인지 느끼게 해주는 개성 있는 책이었다.

행복은 감수성의 문제야!

우리 인간은 감수성이 풍부할 때 잘 감동한다. 별것 아닌 하늘을 보고도 감탄한다. 감수성이 발휘되지 못할 때 우리는 우리 머리 위에 하늘이 있다는 것도 잊고 산다.

"하늘이 뭐? 그래서 뭐?"라며 감정 없이 사는 거다.

감수성이 풍부해지려면 우리 일상은 낯섦에 두려워하지 말고 안 해 본 것을 해야 한다. 목적 없는 시간을 많이 보내야 한다. 그저 멍을 때리는 시간도 갖고, 미술관도 가자. 그리고 바다도 걸어보자. 집 앞 나무에 그냥 말 걸어보자.

"너도 나처럼 멋진데!"

그림 한 점쯤 그려도 보자.

제주도 도록 바다

삶을 너무 현실에 필요한 조건에만 맞추어 살다 보면, 감수성은 풍부해지기 어렵다.

너무 팍팍하지 않도록 생활해 보자. 감수성이 풍부해지면 행복한 마음은 저절로 온다. 감수성이 풍부해지면 아름다움을 쉽게 느끼고, 아름다움을 쉽게 느끼게 되면 감동하기가 쉽다. 자주 감동하다 보면 자기도 모르게 감탄사가 많아진다.

감탄사를 많이 사용하다 보면 어느 순간 삶이 풍성해져 있고, 아름답게 자신의 시간을 보내고 있음을 느끼게 된다. 아주 작은 시작이 삶을 변화하게 한다. 첫발은 별것 아닌 것에 감동하기로 시작하는 거다.

지금의 감정이 미래다

"지금의 감정이 미래다."
나는 이 말에 매우 동감한다.

감정은 인간의 가장 큰 원동력이다. 감정이 즐거우면 희망을 꿈꾸게 된다. 감정이 슬프면 어두운 마음을 품게 된다. 지금 품는 그 마음이 미래의 일이 된다.

다가오는 시간이 내 희망대로, 내 꿈대로, 내 상상대로 이루어지려면 지금 내 기분이, 감정이 즐겁고 아름다워야 한다. 지금 자신의 기분이 충만하고 평화로워야 한다. 지금이 바로 미래이기 때문이다. 지금 자신의 마음 상태를 무시하거나 모른 체한다면, 미래에 우울감이나 무기력감을 맞이하게 된다.

그래서 지금, 이 순간이 중요하다. 이것은 지금 그 순간 무조건 달리기만 해서는 앞이 보이지 않을 수 있다는 의미다. 자신을 닮아 있는 자기다운 루틴을 갖고, 그 속에서 그 시간과 그 순간에 만족감을 맛보아야 한다. 그 만족감은 희망의 미래를 선물처럼 갖다 줄 것이다.

일상생활 속에서 여행이나 명상, 산책을 추천하는 이유는 감정의 리플래쉬(Reflash) 때문이다. 자신의 감정을 좋은 곳으로 데려다 줄 방법의 하나다. 인간은 각자 이 순간 자신의 감정을 아름답게 끌어 줄 어떤 방법을 갖고 있어야 한다.

주변에 자기 삶을 아름답고 성숙하게, 그리고 밝게 끌고 가는 누군가가 있다면 대화를 청해도 좋다. 우리는 지금의 감정을 후후 불며 좋은 바람을 일으키며 살아가야 한다. 그렇게 지금 좋은 "후!"를 일으켜 보자.

스타벅스 컵과 텀블러

작업실에서 아침 커피를 마실 때 '스타벅스 텀블러'를 선택할 때가 많다. 여름이면 스타벅스 텀블러에 얼음을 가득 넣고, 종일 물을 마시기도 한다. 여러 텀블러 중에 스타벅스 텀블러는 강렬한 이미지가 있다.

그래서일까? 바쁘게 원고를 쓰거나 작업을 할 때마다 내 옆에는 항상 스타벅스 컵이 놓여 있을 때가 많다.

스타벅스 브랜드에는 '여행자'의 이미지가 담겨 있다. 집에서도 여행지의 추억을 떠올릴 수도 있고, 집 공간에 여행을 더하는 역할을 하기도 한다. 다른 나라에 가게 되어도 나는 스타벅스 텀블러를 산다. 일본 나릿다 공항에서 전철 티켓을 끊고, 공항 안 스타벅스에 들르면 여행의 맛이 난다.

스타벅스는 세계 어느 나라든 연상할 수 있는 여행자의 이미지를 갖고 있다. 나는 여행자 이미지를 가진 그 느낌을 즐긴다. 제주도 대정에도 스타벅스가 한 곳 있다.

아침이면 그곳도 늘 사람이 많다. 아이들을 보내고 Coffee 한 잔을 사면 나 자신을 위한 '쉼'의 의미가 시작된다. 대정 스타벅스 창가에 앉아서 길을 바라보면, 유럽 풍경처럼 고즈넉하고 한적하다.

제주도와 어울리는 책

어느 나라, 어느 지방에 가면 그곳과 닮은 책이 떠오를 때가 있
다. 브리즈번 coco café에서 하늘을 볼 땐 『연금술사』가 떠올
랐다. 이 책이 참 잘 어울린다는 생각이 들었고, 그 책 안의 문
구가 가슴에 와 닿았다.

"이방인이 낯선 땅에서 무엇을 하고 있는가?"
"자아의 신화를 찾으러 왔습니다."
"사람이 어느 한 가지 일을 소망할 때 천지간의 모든 것들은 우
리가 꿈을 이룰 수 있도록 뜻을 모은다네."
"무언가를 찾아 나설 때는 반드시 초심자의 행운이 온다."
"사람들은 떠나는 것보다는 돌아오는 것을 더 많이 꿈꿉니다."

『연금술사』에 나오는 글 한 줄 한 줄은 나의 가슴속에 깊은 울
림을 주었고, 주인공 산티아고는 곧 내가 되었다.

제주도는 어떤 책이 어울릴까? 제주는 『데미안』을 닮았다. 『데
미안』의 첫 문단이 떠오른다.

"내 속에서 솟아 나오려는 것. 바로 그것을 나는 살아 보려고 했다. 그러기가 왜 그토록 어려웠을까?"
강렬한 첫 문단이다.

알에서 깨어 나오는 싱클레어의 과정, 진정한 자아를 찾아가는 이야기. 읽는 누구나가 싱클레어다. 제주도에 오래 머무르다 보면, 자신도 모르게 싱클레어의 언어가 솟아오르게 된다.

사람들은 『데미안』을 청소년 시기에 잠깐 읽는 책으로 알기도 한다. 나도 예술치료학을 공부하기 이전에는 그렇게 알았다. 예술치료 공부를 하면서, 헤르만 헤세가 40세 이후 심한 신경증을 앓았다는 것을 알게 되었고, 구스타프 융에게 정신과 치료를 받으면서 나온 작품이 『데미안』이라는 것을 알게 되었다. 성인이 되어 다시 읽어보는 『데미안』은 참 달랐다.

어려서 읽었을 땐 와 닿지 않던 부분까지도 구구절절하게 와 닿았고, 중년 이후의 심리를 대변 받은 것 같기도 했다. 인생의 어느 절기나 싱클레어의 고민이 있는지도 모르겠다.

나는 헤르만 헤세의 이야기에 영감을 받아 첫 번째 책 『헤르만 헤세처럼 그려라』를 썼다. 그리고 1년 만에 제주도에 내려와서 '헤르만 헤세처럼 그려라'라는 이름의 개인 작업실을 만들었다. 그저 '나답게 작업하자'라는 의미로 그렇게 이름 지었다.

제주도에서는 『데미안』이 참 잘 읽힌다. 잘 어울리기 때문이다. 제주도에서 오랜 시간을 보내면 자신을 찾고 싶어진다. 자신 안의 '진짜'를 말이다.

당신도 제주도에 오는 여행길에 『데미안』을 들고, 한적한 바닷가에서 책을 읽는 재미를 꼭 느껴 보길 바란다.

헤르만 헤세와 나의 인연

그림을 그리던 내가 미술치료를 공부하다 보니 내가 좋아하는 책 『데미안』의 작가 헤르만 헤세가 40년 넘게 그림을 그리면서 자신의 정서를 치유했다는 사실을 알게 됐다. 나는 그 신선함에 감응해 석사 시절에 『헤르만 헤세처럼 그려라』라는 책을 썼다.

나의 첫 번째 책은 내 연인 같기도 하다. 나의 예술 작품과도 같다. 그저 어느 길에 우연히 들어서니 그 길에서 나의 책을 쓸 수 있었다. 첫 번째 책을 쓰면서 나는 책을 조금 더 집중해서 읽고, 느끼고, 그 느낌을 내 생활에 접목해 보는 그런 삶을 살게 됐다. 그 첫 번째 책을 내던 그 시절 나는 그렇게 살아냈다.

그렇게 시간이 지나니 나는 책도 그림과 같이 좋으니까 자꾸 보고, 이해하려고 깊이 사색해 보고, 그리고 역시 내 삶에 접목해 보기 시작했다. 그림과 결이 좀 다른 책 쓰기, 글쓰기였다. 그래도 나는 인생 후반에 나의 연인 '책과 글쓰기'와 조우했다. 연인이 생기면 집중하듯 그렇게 나는 책과 글쓰기에 몰입하며 오십대를 보내고 있다.

이번엔 세 번째 책 『나, 제주를 안.다.』를 내게 되었다. 세 번째 책을 쓰면서 헤르만 헤세의 글이 나를 감동의 세계로 이끈다는 사실을 알게 됐다.

헤르만 헤세와 나의 인연

책

_헤르만 헤세

이 세상 모든 책들이 그대에게 행복을 가져다주지는 않아
하지만 가만히 알려주지
그대 자신 속으로 들어가는 길

그대에게 필요한 건 모두 거기에 있지
해와 달과 별
그대가 찾던 빛은
그대 자신 속에 깃들어 있으니

그대가 오랫동안 책 속에 파묻혀
구하던 지혜
펼치는 곳마다 환히 빛나니
이제는 그대의 것이리

헤르만 헤세의 「책」에서 "이제는 그대의 것이리"라는 문장이 있다. 나는 이 문구가 좋다. 그래! 나의 것이 되기 위해서지. 나는 늘 어느 길 위에 있는 것이다.

나의 첫 번째 책 『헤르만 헤세처럼 그려라』는 나를 브리즈번으로 이끌었으며, 브리즈번에서 쓴 두 번째 책 『아 엠 브리즈번』

덕분에 제주 대정의 길 위에서 세 번째 책으로 특별한 나만의 인생 이야기를 쉽게 쓸 수 있었다.

나의 책들은 나의 취향이고 나의 사색이다. 나의 글쓰기는 나를 온전히 알게 도와준다. 그림 그리는 과정과 같다.

작업실에서 읽고 그리다

제주도 대정에 있는 내 작업실 '헤르만 헤세처럼 그려라'에서 소설 『데미안』을 낭독하며 그림을 그린다.

"내 속에서 스스로 솟아 나는 것, 바로 그것을 살아 보려 했다. 그것이 왜 그토록 어려웠을까?"

월요일, 따뜻하고 맛있는 와토 커피를 갈아 내리고 작가 이숙현, 노경남, 문보경, 김청영 넷이 모여서 『데미안』을 낭독해 보았다. 넷은 모두 누구누구의 엄마이다. 제주도에서 매일 아이들과 웃고 운다. 우리들의 책 읽기는 제주도에서 나를 잃지 않고, 인생의 길을 잃지 않기 위한 위함이다.

내 목소리가 낯설다. 내 입에서 흘러나오는 낱말도 낯설다. 그래도 이런 시간은 내 안의 것을 드러내는 순수한 아름다움을 느끼게 해준다.

우리는 누구의 엄마로서가 아니라 한 명의 사람으로서,
삶의 낭만에 대해
삶의 고독에 대해
삶의 여정에 대해
이야기해 본다.

그렇게 제주도에서 나를 낭만으로 물들여 본다.

4장

나는 마음을 안다

마음의
공간
찾기!

툭! 하고 던지듯 시작해 보자

"된다, 된다, 된다."
"안 된다, 안 된다, 안 된다."
당신의 생각은 어느 쪽으로 기울고 있나요?

우리는 무언가 하고 싶다는 생각이 드는 순간, 마음속 깊은 곳에서부터 "안 된다!"라는 이유를 백 가지는 족히 만들어 낸다. 그 이유는 내면 깊은 곳에 부정적 성향의 기류가 흐르기 때문이다. 그것은 인간이 살아남기 위한 본능이기도 하다.

무언가를 시작할 때, 너무 많이 생각하고 완벽한 계획을 짜려면 타이밍을 놓치기 일쑤다. 그저 가장 중요한 하나의 이유를 갖고 시작할 수 있다면, 우린 어떤 시작도 할 수 있다.

시작은 기회를 가져오고, 그 기회는 또 다른 시작을 불러온다. 그런 도미노를 맞이해야 한다. 내면의 부정적인 생각을 뚫고, 그저 툭! 무엇이든 '시작'해 보길 권유한다.

제주도 마을 대문

제주도 오래된 옛집을 지날 때, 제주도 하늘과 잘 어울리는 대문들이 꽤 많다고 생각했다. 같은 장소에 늘 서 있던 대문일 텐데~ 제주 생활 1년 만에 제주도 집 대문이 눈에 띄었다.

하늘색도 있고, 채도가 낮은 주황색도 있다. 창고의 문들도 색이 다양하다. 빌딩이 가득한 도시에 이런 식의 대문이 있다면 어울리지 않을 텐데…….

제주도는 대문 색깔, 창고의 문 색들이 참 화려하다. 지붕도 그렇다. 개조된 지붕 색들도 어찌나 파란지 놀랍다. 한 페인트로 마을 전체를 칠한 듯하다. 그런데도 제주도 하늘과 참 잘 어울린다.

일요일 아침 10시에 납읍리에 오는데, 오늘은 비가 아침부터 부슬부슬 꽤 많이 내린다. 우산을 쓰고, 납읍리에 있는 아지트 '애월후식'으로 가는 길에 있는 제주도 집 대문들 앞에서 셔터를 눌러 본다. 비가 오니 대문 색들이 한층 운치가 있어 보이고 아름답다.

납읍리는 비가 오니 한층 더 매력적이다. 이곳에는 작은 펜션들이 많다. 애월이 가깝다 보니 그런가 보다.

길을 지나다 보면 젊은 친구들이 서로 얼굴을 보며 "제주도야!" 하며 웃는다. 자유로운 청춘의 모습 그대로다.

제주도 마을 대문

청춘의 모습과 대문들의 색들, 그리고 지붕의 색들. 어떤 것들과도 잘 어울리는 제주도 하늘이다. 어느새 부슬부슬 비가 그치고, 하늘이 파랗게 햇살에 빛나고 있다.

처음 제주도에 내려와서는 날씨가 당황스러워 적응하기 어려웠지만, 지금은 너무나 익숙해졌다. 비가 와도 금방 해가 나오고, 해가 있다가도 어느새 먹구름이 가려서 하늘이 칠흑 같은 어둠으로 변한다. 우리 인생과 똑 닮은 제주도 날씨.

보슬보슬 비 오는 아침 제주도 애월읍 납읍리 풍경은, 종다리마을까지 달려가지 않아도 제주도다운 낭만이 가득하다. 물론 대문이 그 멋을 더해준다.

제주도가 가르쳐 준 삶의 행복

우리 집 앞을 나가면 나무가 멋스럽고 새 소리가 유난하다. 하늘은 푸르고 바람은 자유롭고 싱싱하다.

집 앞에 잠시 눈을 감고 서 있으면, 나는 그 자체로 자유로움을 느낀다. 집 안에서 소유하는 내 것보다 자연에 서 있는 그 순간에 하늘, 바람, 나무, 바다, 그리고 새, 이런 것들이 나의 인생에 자유로움과 행복을 얼마나 꽉 차게 줄 수 있는지 보고 느끼게 되었다.

마음만 준비되어 있다면 이미 세상은 자기 것이다. 내 나이 53살이 되어서야 행복의 본질을 깨닫게 되었다. 그동안 내 삶은 시간에 갇혀 있었고, 돈에 갇혀 있었고, 공간에 갇혀 있었다. 그 안에서 다람쥐가 쳇바퀴를 돌듯이 그렇게 안전하게만 구르고, 구르고, 구르고 있었다.

문을 열고 나가서 오늘의 행복과 인사해 보자. 집 앞 어느 곳에나 누구나의 머리 위에 있는 드넓은 하늘 위 구름부터 인사를 시작해 보자. 이런 소소한 감사를 제주도 생활 속에서 나도 습관처럼 하기 시작했다. 이곳은 남편도 친구도 없으니까.

그저 혼자라도 말 걸어야 한다. 제주도의 하늘을 보고, 나무를

제주도 나무

보고, 그리고 바람을 맞으며, 바다를 보며~

제주에서 흔히 볼 수 있는 이국적인 나무 덕분일까? 그래, 우리들의 삶은 익숙한 것에서는 안정감과 평화를 느낀다. 어쩌면 진짜 자신 안의 것으로 산다는 것은 날것, 해 보지 않은 것, 익숙지 않은 것, 낯선 것을 대하는 것일 것이다. 그때 우리들의 심장은 빨라지고 살아 있음을 느낀다.

대정 301호 문을 열고 들어서면 편안함이 가득하다. 그것은 나의 건강한 나이 듦을 도와주는 평온함이고, 익숙함이고, 안락함이다. 301호 문을 열고 나오면 그때부터 내 시간은 낯섦의 시작이다. 설렘의 시작이다. 나이가 드니 자꾸 편안함, 안정이 나를 잡아끈다.

제주도 덕분에 새것, 날것, 들어보지 못한 것, 가보지 못한 것, 신비로움, 이런 곳에 나 자신을 놓아두게 된다. 알 수 없는 새로움이 나를 들뜨게 한다.

제주도에 온 지 1년 만에 온 마음으로 집 밖에 내 삶의 아름다운 무더기들이 있음을 느끼고 또 느꼈다.

어린 날은 누가 나가라고 안 해도 밖에 늘 나간다. 나이가 들면 집이 제일 좋다. 아는 공간이 편안하다. 그렇다. 그래서 집 밖에 나서지 않는 날들이 많아진다. 때문에 다짐이 필요하다. 301호 문을 열고 그 신비로움을 느껴 보자고.

브리즈번의 생활에서 내게 온전하게 있었던 건 하늘과 나무, 그리고 낯선 공간, 이국적인 사람들이다. 그런 낯섦이 나를 얼마나 성숙하게 하고 깨닫게 하는지, 그리고 온 마음으로 그 생활을 받아들였을 때 얼마나 아름다운 내면을 만날 수 있는지 알게 되었기 때문에, 나는 제주도에서도 깨우침에 빠르게 적응하였다.

제주도에 작업실이 없던 1년간, 나는 오전 8시 이후에 늘 Coffee가 있고, 푸른 하늘을 볼 수 있고, 나무가 바람에 흔들리고, 통창으로 햇살이 그윽한 곳에 자리를 잡고 앉았다. 그리고 내가 좋아하는 책들을 읽고, 노트북을 펼쳐 놓고 마음껏 쓰며 혼자서 잘 놀았다.

낯선 제주 café 곳곳에서 혼자 놀 줄 아는 그 시간은 나답게 놀 줄 아는 방법을 알려주었다. 성숙하게 나이 듦으로 인도해 주었다.

제주도 생활에 감사하다. 그리고 나답게 살아가는 방법을 가르쳐주는 아름다운 풍경을 길잡이 삼아 오늘도 길을 떠나 보련다.

감동, 감사

인간이 자연을 찾고 돌보는 이유는 인간이 자연에 감동하기 때문이라고 생각한다.

자연 앞에 선 인간은 숲을 바라보며, 바다를 바라보며, 폭포를 바라보며, 멀리 뛰는 고래를 보며, 높은 곳 위에서 보는 바다와 산의 웅장함을 보며 절로 탄성을 뱉는다. 그 순간 감동한다. 감동하는 삶은 살아 볼 만한 가치와 여유, 탄력성이 있다. 그리고 그로 인한 창의력이 샘솟는다.

그저 자연을 보기만 해도 그렇게 된다니 대단하고, 멋진 일이다. 숲의 향기와 피톤치드는 인간에게 이로움을 준다. 이렇게 쉽게 여유롭고 감동하는 삶을 살아갈 수 있는데, 우리는 왜 이렇게 바쁘고, 숨쉬기조차 가쁜 날들을 보내고 있는 걸까?

숲으로 둘러싸여 있는 학교에 다닐 수 있다면 '행운아'이다. 나는 아이에게 학교 12년 동안 자연을 느끼는 환경을 주고 싶다. "나는 풀이 좋아!", "나는 자연이 좋아."라고 말할 수 있는 감동을 주고 싶다.

나 또한 쉰이 넘은 이제야 자연을 곁에 두고 함께 걸어가고 있다. 늘 하늘이 내 머리 위 가까이에서 말 걸어주는 생활은 꼭 무

창문 밖으로 난 세상

엇이 되지 않아도, 무엇을 하지 않아도 이미 내 안이 가득 찬 듯하다.

감동은 커다랗고, 대단한 이벤트에서만 오는 것은 아니다. 내 발걸음 발자국마다, 맑은 구름 한 점이 동행하고 있음을 알기만 해도 감동이다. 운전하면서 보이는 하늘의 모습이 내 머리 위 가까이 떠 있는 것처럼 보이기만 해도 감동이다.

"우와! 대단하다!"

혼잣말이라도 좋다. 감탄사를 말하면 감동은 배가 된다. 자신에게 감동을 주는 날들을 만들기 위해 우리는 느긋한 시간을 보내고, 좋아하는 음악을 듣고, 차를 마시고, 자연을 느끼며, 나다운 시간을 만들어 보는 거다.

자신의 감동 포인트를 찾아보자. 감동하고 감사하자.

나는 제주도에서 매일 내 머리 위에 떠 있는 하늘에 감동한다. 오늘도 작업실에 앉아 통유리에 펼쳐진 나무, 하늘, 그리고 바람을 보며, 아무 생각 없이 맛있는 Coffee 한 잔에 감동한다. 이 모든 것이 감사하다.

자기 자신을 믿어라

인간은 의외로 자기 자신 안의 말을 믿지 않는다. 자신 안에서 어떤 의견이 나왔을 때, "에잇! 내가 생각한 것이 뭐 그리 대단하겠어?" 하고 자신의 의견을 무시한다.

그렇지만 우리 인간이 사는 삶을 자세히 관찰해보자. 개인의 삶을 각자가 살아가는 거다. 그러니 내 안의 의견을 믿어주고 따라주는 것이 얼마나 중요한가? 자기 자신을 믿는 것이 인간에게는 쉽지 않다. 그림 한 점을 보면서도 우리는 '도슨트(Docent)'에 의지한다.

그림은 사람마다 다르게 느껴야 맞는 거다. 살아온 세월이 다르고, 감정이 다른데 어찌 그림 속에서 같은 포인트를 찾아 느끼겠는가? 정답이 없는 시각적 이야기이기 때문에 세상 어떤 것보다 오묘한 아름다움이 존재하는 그림. 그 속 이야기조차 모두 똑같이 줄거리를 읽듯이 그렇게 보는 방법은 인간의 낭만적인 감수성을 건드려 주지 못한다.

책 또한 독자가 읽으면서 제각기 다른 것을 느끼고 깨닫게 되는 것이다.

정해진 규칙이 아무것도 없는 순수 100%의 자유로움을 드러낸 그림을 요즘 우리는 너무나 규칙적으로 읽고 있는 건 아닌지 생각해 볼 일이다.

정해진 규칙에 의지하는 건 자신의 안목을 못 믿는 태도이다. 나는 그림을 모르니까 할 수 없다고 생각하는 것이다.

우리는 COVID-19로 인해 점점 더 쏟아지는 온라인 정보홍수 속에서 살아가고 있다. 비판의식 없이, 자신의 안목 없이 그저 "맞아! 맞아!" 한다면 자신 안의 목소리를 들을 기회가 점점 사라질 것이다.

조금 어설프더라도, 자신을 믿어 보자. 자신의 안목으로 무엇이든지 판단해 보자. 그런 태도로 하나씩 하나씩 쌓아가 보자. 그렇게 나답게 나이가 든다면 인생의 나이 쉰쯤엔 어수선하게 자신을 찾기 위해 방황하는 일은 없을 것이다. 기꺼이 받아들이고 낭만 가득한 자신을 마주할 수 있을 것이다.

자신을 믿어 보면 누구나 우아함을 지니게 된다. 그것이 자신을 믿는 힘이다. 그저 모자라면 모자란 대로 보고 느끼는 것, 그것이면 된다.

마음의 공간 만들기

산책하기
자전거 타기
차 한잔 마시며 하늘 보기
그림 그리기
전시장에서 마음에 끌리는 그림 보기
서점에서 책 읽기
글쓰기….

마음공간

내가 누구니까 해야 한다는 '역할' 책임 말고, 생계를 위한 일 말고, 그저 해야 할 일이 없는 사람처럼, 목적 없이 보내는 그 시간 속에 우리는 마음의 공간을 만들 수 있다. 그렇게 생긴 공간은 아름답다. 자신을 아름답게 가꾸어 주니 자신감이 생기고, 자녀도 타인도 너그럽게 대할 수 있다.

마음의 공간 없이 '매일'을 보내는 건, 물이 없이 쩍쩍 갈라지는 사막에 내 마음을 몰고 가는 것과 같다. 어린 날은 이런 마음의 공간이 필요 없을 정도로 쓸데없는 시간으로 꽉 차 있었다. 그런 것들이 젊음을 촉촉하게 해주는 것이다.

나이 든다는 것은 육체의 변화보다 마음이 늙어가는 것이 확실하다. 마음의 공간을 갖는 것은 그저 차 한잔 하면서, "내가 이것을 이렇게나 좋아하는구나!" 느끼며, 여유로운 시간을 갖는 그런 것이다.

쉰세 살이 아홉 살을 가르치는 이야기

4차 산업혁명이라는 이야기만 나오면 머리가 아프다. 요즘은 이에 관련된 책들을 연일 쏟아져 나오고 있다. 내용은 역시 어렵다. 읽을 땐 알 것 같지만, 읽고 나면 "그래서 어쩌라는 거지?" 싶다. 난해하다.

COVID-19가 오기 이전에도 4차 혁명이 눈앞까지 온다고 했는데, 쉰 살이 넘은 정말 오래된 세대인 나는 앞으로 세계화 시대에 아이를 어떻게 길러야 하는 건지 늘 어려웠다. 그저 혼자 묻고 대답해야만 했다.

그 와중에 지난 2020년, COVID-19라는 전 세계를 뒤덮은 바이러스가 우리 삶 속에 깊숙이 들어왔다. 그렇게 전 인류에게 위협적으로, 누구에게도 답을 물을 수 없는 불안한 현실이 전 세계를 뒤덮게 되었다.

2013년생은 COVID-19와 함께 초등학교를 입학한 세대이다. 온라인 수업이라는 생소한 환경에 노출되었고, 외출 시 마스크를 써야 하는 환경에서 학교에 다니게 되었다.

갑작스러운 변화 속에서 나는 내 아이와의 차이가 더욱 벌어짐을 느꼈다. 아이들은 빠르게 온라인 세상에 적응했다. 언제까지나 아이들에게 온라인의 나쁜 영향력에 관해서만 이야기해서는 안 된다.

개인주의와 극단적인 고립이 주가 되어 버린 사회 속에서, 4차 산업혁명의 인재상은 인간에 대한 배려와 태도, 그리고 나누는 방식에 대해 오픈된 마인드로 함께 참여하는 사람이어야 한다는 깨달음을 얻었다.

온라인 세상이 빠르게 열렸다는 것은 소수 민족의 언어만으로는 정보와 지식을 습득하는 데 한계가 생겼다는 뜻이다. 실시간으로 쏟아지는 좋은 논문, 필요한 정보를 읽고, 다양한 나라의 문화와 사람들과 접촉하려면, 공통언어인 영어 하나만이라도 자유롭게 써야 한다. 그러면 고립된 어떤 상황 속에서도 스스로 길을 찾을 수 있을 것이다.

정보 공유에 인색하지 않고, 내가 아는 것을 나눔으로써 자신의 가치와 능력을 증명할 수 있는 1차 세계가 '유튜브'다.

이제 태어난 나라에서만 활동하는 시대는 지났다. 온라인 공간 속에서 세계의 민족이 소통하는 언택트 시대가 빠르게 우리 앞에 와 있다. 아는 것이 편하고, 변화보다는 안정을 추구하게 되는 나의 오십 대는 9살 아이 덕분에 만만치 않아졌다. 변화에 빠르게 적응하고, 다른 의견과 다른 나라를 수용해야 한다.

이제 대학을 졸업했다고 보장되는 것은 하나도 없는 사회로 변화했음을 느낀다. 내 아이의 20년 후를 나는 짐작조차 하지 못한다. 그래서 늘 혁신의 책을 읽고, 트렌드를 분석하기 위해 노력한다. 그리고 내 상식으로 비판해서 책을 대하기도 한다. 그렇게 내 앞에 펼쳐지는 낯선 온라인 세대를 내 아홉 살 아들에게 지구력 있게 배워야 한다. 낡은 것을 강요하지 않고 말이다.

배려와 용기, 사랑, 나눔, 그리고 낭만은 내가 아이에게 이야기해 주고 선보일 수 있으니 그것에 감사한다. 변화에 "어?" 하지 말고 "어!!"하며 함께 가자.

쉰세 살이 아홉 살 세대를 따라가는 건 버겁지만 함께 배우는 길이 즐겁다. 동시에 우리 나이의 정서를 나는 사랑한다. 풀 한 포기의 아름다움을 느낄 줄 아는 정서 말이다.

내면의 진보 중에서

"자신을 발전시키는 사람은 몇 번이나 과거의 방식으로 되돌아가면서도 결국은 미래를 위해 노력을 계속한다. 뒷걸음치기보다는 앞으로 나아가는 정도가 항상 더 크다. 그리하여 내면적 삶의 진보를 원하는 사람은 결국 성공하게 된다. 인생이 동물의 단계에서 영혼의 단계로 옮겨가기 위해 노력하는 과정이라는 점. 이것은 모든 종교의 공통된 가르침이다."

_톨스토이의 잠언 '내면의 진보' 중에서

창 너머

과거로 돌아가지 않고, 아이와 함께 미래를 꿈꾸어 본다. 아이의 "네이처가 좋아!"라는 말과 함께 미래를 꿈꾸어 본다. 제주도는 쓸쓸한 낭만이 있다. 내면의 영혼에 다가가기 좋은 그런 환경이다.

아이 스스로 우연히 지은 영어 이름 'MAUEE'는 하와이 마우이섬에서 왔다. 아이가 처음 본 디즈니 만화 '모아나'를 보고 스스로 지은 이름이다. 하지만, 초등학교 2학년이 되니 일반적인 영어 이름으로 바꾸어야 하나 고민하게 되었다.

마우이는 원주민의 이미지가 있으니 더욱 고민했다. 그러다 문득 "네이처가 좋아"라는 아이 말에서 답을 찾았다. 영어 이름을 굳이 바꾸지 말자고.

자연을 닮은 이름으로 그냥 부르자! 그래서 이름은 여전히 'MAUEE'. 이름에 깃든 어린 날의 순수 영혼을 느낄 수 있음에 감사한다. 나는 책을 읽을 때, 좋은 글을 접했을 때 내가 결정해야 할 지금의 행동에 순수함을 녹여서 이용한다. 오늘처럼 말이다.

제주도 날씨

제주도에 여행하러 온다면, 꼭 우비와 우산을 챙기길. 여름이라도 얇은 가디건을 갖고 오길 바란다. 아침과 점심 그리고 저녁 날씨가 모두 다르기 때문이다. 날씨 예측은 그저 운에 맡길 뿐이다.

제주 날씨는 예측할 수 없다. 시시때때로 바람이 세게 불어와 당황스럽게 만든다. 그런데도 하늘은 늘 능청스러울 정도로 푸르고 아름답다.

제주도는 바람과 비가 유난하다. 그런 날의 제주도는 오히려 한껏 운치 있고 멋스럽다. 맑은 하늘만 보고 가는 제주도 여행은 운치가 덜하다.

비 오는 창가에 앉아 차 한잔할 수 있는 그런 시간을 기대해 보길! 제주도 날씨에 대해 이러니저러니 해도 결론은 사람의 마음을 말랑하게 만들어준다는 것.

제주도 선착장 분위기

커피 한 잔의 멋과 낭만

나는 Coffee를 좋아한다. 과테말라 콩이 좋다. '과테말라'라는
말에서는 진한 Coffee 향이 가득 묻어난다.

아침에는 뜨거운 진한 커피가 좋다. 브리즈번의 'COCO café'
의 롱블랙은 아침 하늘을 보며 마시기에 너무 좋은 자연의 맛
그대로이다. 커피 맛집이면서 동시에 풍경 맛집이다.

제주도 일상

Coffee는 신기하다. 혼자 마실 때는 나를 위로하고, 여럿이 마실 때는 서로를 위로해 준다. Coffee에는 '위로'라는 효능이 있나 보다.

아이와 함께 분주한 아침 시간, Coffee 한잔은 남편보다도, 친구보다도 위로가 되는 그런 친구다. 아침마다 좋은 친구가 있다니, 갑자기 내 인생이 든든해진다. 어느 날 쓸쓸하고, 고단하고, 살맛이 안 나도, 그저 푹 자고 일어나 아침 coffee를 마시면 툭툭 털 힘을 얻게 된다.

Coffee는 위로이고, 친구이고, 낭만이다. 나의 단골 처방은 그래서 'Coffee'다.

그랬구나! 내가 그리는 그림도, 글도 내면에 대한 위로이다. 자아를 드러내는 가장 멋스러운 방식이기도 하다. 말로 다 하기 어려운 것들을 그림으로 작업하고 글로 쓴다. 그렇게 나는 내 안을 정화하고 질서를 잡아간다.

그런데 'Coffee도 그랬구나.'라고 느낀다. 매일 아침, 잘 마시는 Coffee 한잔이 내 하루를, 그리고 내 한 달을, 내 일 년을, 내 인생의 멋스러움을 내주고 있었던 거였다.

나에게 Coffee 한잔의 여유는 멋과 낭만을 느끼게 하는 시간이다.

엄마에게 필요한 자기만의 방과 500파운드

『버지니아 울프의 방』에는 "여자는 대부분 개성이 없다."라는 표현이 나온다. 여성은 남자보다 대부분은 가난하다고 말한다. 여성이 비범한 문학작품을 쓰지 못한 것에 대해서도 이야기한다. 여성에게 개인의 방이 없고, 500파운드가 주어지지 않으면 자기만의 세상을 갖기가 힘들다고 이야기한다. 공감하는 말이다.

대부분 엄마는 결혼하여 아이를 열 달 품고, 아이가 태어나면 3개월 젖을 먹인다. 다섯 살까지는 엄마의 자상한 보호가 필요한 시기이다. 그런 시기를 거치면서 여성은 자신만의 세상을 잃고, 일기도 쓰지 않게 된다. 그렇게 여성은 엄마로서, 아내로서 존재하며 어느새 자신을 잃어 가기도 한다.

『버지니아 울프의 방』 속에서는 버지니아 울프가 여자로서 진정한 의미를 추구하며, 진정한 인간으로 서는 방법이 나온다.

현재는 여성과 남성이 평등한 시대이다. 하지만 여전히 엄마는 자신의 정체성을 찾기 어려운 역할임이 틀림없다. 역할에 의한 자신이 아니라 자기 자신으로 존재해야 함을 느낀다.

버지니아 울프는 말한다. "우리는 각자 자기만의 방이 있어야 하며, 1년에 500파운드를 벌 능력이 있어야 한다."라고. 시대는 다르지만 너무나 와 닿는 글이었다. 이 책의 내용이 더욱 와 닿은 건, 내가 아이와 함께 고립된 제주도 중에서, 엄마들이 많은 대정에 있기 때문이다.

제주도에서 나는 나로서의 길을 잃지 않으려 한다. 제주도의 하늘이 보이는 작업실 덕분에 나 자신의 모습으로 오늘도 하루를 보낼 수 있음에 감사하다.

조명발

어려서부터 작업실에서 작업하며, 가르치는 일에 25년의 세월을 보냈다. 밝은 낮에도 작업실 안 조명은 그림 그리기에 적당한 조도로 맞추어야 한다.

나는 늘 책상 위쪽에 밝은 조도를 맞추어 놓는다. 조도를 맞추지 않은 공간은 오랫동안 머물기 힘들다. 눈이 쉽게 피로하고, 마음이 몰랑거리지 않아서 쉽게 자리를 떠나고 싶어진다. 그다음에는 은은한 황색 조명 스탠드를 테이블 위에 맞추어 놓는다.

어느 날 문득 친구에게서 전화가 왔다.

"조명이 진짜 중요한 걸 알았어!"

어제 채점을 하는데, 테이블 위에 황색 조명을 두고 일하니, 자기도 모르게 자정까지 했다고 한다. 처음으로 황색 조명을 테이블에 뒀다고 한다.

그는 항상 내 작업실에 오면 조명이 유난하다고 말한 친구였다. 그동안은 집에 스탠드가 많아도, "형광 불빛이면 됐지!"라고 생각했는데, 황색 스탠드 아래서는 공간이 달라지는 신기한 경험을 했다며 들뜬 목소리로 이야기했다.

흔히 '조명발'은 특별한 연예인들에게나 필요하다고 생각한다. 그렇지만 우리는 누구나 불빛 아래 살고 있다. 누구에게나 조명발은 필요하다.

황색 조도는 삶이 낭만적이고 아름답게 보일 수 있도록 도와준다. 나이가 든 탓일까? 나도 요즘 부쩍 스탠드에 집착한다. 들고 다니는 호롱불 스탠드도 좋다. 낮에 차를 마실 때 호롱불을 켜면 공간이 달라진다. 은은하고 좋다. 비 오는 날, 창가에 책과 할 일을 펼쳐 놓고, 황색 스탠드를 켜고 작업을 하면 꽤 낭만적이다. 내 삶이 은은하고 아름다워진다.

친구의 조명 예찬 감동의 전화를 받은 오늘, 문득 내 삶의 조명발을 생각해 보았다. 햇살이 강렬한 제주도 café, 지금 이곳도 전시장 조명들이 가득 켜져 있다. 차 한잔 마시는 café에서 우리는 조명발을 신나게 받는 거다.

하루를 시작하는 집이나 작업실에서 제일 먼저 하는 일이 불을 켜는 것이다. 자기 삶의 조도는 누가 맞추어 주는 게 아니다. 스스로 맞추고, 아름답게 살아갈 뿐이다.

나의 제주도 작업실

나의 그림은 글이 되었고, 글은 그림의 지침이 되었다. 작업실을 갖는다는 건 삶에서 어떤 의미일까? 작업실을 만든다는 것은 익숙해진 생활 속에서 매일 새로운 습관으로 자신을 채울 수 있는 유일한 방법인지도 모르겠다. 나에게는.

나는 대학을 졸업한 이후, 늘 작업실이 있었고, 항상 무언가를 가르치는 목적을 두었다.

20여 년이 넘는 시간을 작업실에서 꿍냥거리며 보냈다. 아이가 네 살이 되었을 때, 나는 나의 새로움을 잃지 않기 위해 아파트 상가에 작업실을 열었다. 누군가를 가르치기보다는 내 작업을 위한 공간, 그리고 쉼의 공간으로 작업실을 가졌다. 그렇지만 몸에 밴 습관 탓에 늘 성인을 가르치게 됐다.

아이의 케어와 함께, 제자와 함께, 그림과 책들과 함께 나는 성장해갔다. 아이가 크면서, 나는 작업실을 정리하고 짐을 꾸려서 호주 브리즈번으로 떠났다. 첫 3개월의 낭만은 내 생애 잊을 수

제주도 작업실의 용품들

없는 추억이 되었다. 낯선 땅, 낯선 사람들, 그리고 낯선 공간, 그 모든 것이 낯설어서 오히려 그곳에서 하늘이 보이는 COCO café 아지트를 만들고 매일 글을 읽고 썼다.

그렇게 나는 브리즈번의 매력에 금세 빠졌다. 그리고 아이와 함께 짐을 더 챙겨 그곳 학교에 입학했다. 브리즈번에 입학한 몇 달이 지나고 전 세계에 COVID-19가 터졌다. 아이와 한국에 들어와서 나는 브리즈번을 닮은 제주도로 내려왔다. 그전엔 제주도에서 살게 되리라고는 한 번도 꿈꾸어 본 적도 없었다.

제주에 정착한 1년 동안 나는 아이가 학교에 8시에 등교하면 오후 3시까지 제주도의 구석구석을 다니며 아지트를 찾아다녔다. 그렇게 바다를 보며 기도하기 시작했다. 처음 가는 제주도 café에서 책을 읽고 다시 글을 쓰기 시작했다.

바다는 사람의 마음을 낭만적으로 바꿀 수 있도록 도와주었다. 그래도 너무 오래 보면 낭만이 우울로 갈 수도 있으니 조심해야 한다.

나는 작업실을 후딱 만들기도 잘하고, 후딱 없애기도 잘한다. 남편은 그것을 불편해한다. 그래도 묵묵하게 늘 지지하고 응원해 준다. 늘 감사하다.

나는 작업실이 내 삶의 짐이 되지 않길 바란다. 나는 작업실 안에서 진정한 나로 존재한다. 내가 좋아하는 것들을 소장해야 하니, 그것을 나열할 공간이 필요할 뿐이다. 작업도 나는 내가 가장 좋아할 때 한다. 나는 내 작업실에서 맛있는 Coffee를 내려 마시고, 내가 좋아하는 책을 보고, 가끔은 마음이 따뜻하고, 오래된 사람들이 오길 기다리기도 한다.

이제 나이 쉰 살이 넘어서야 작업실이 나에게 주는 진정한 위로를 알게 되었다. 나는 그림을 그리는 Artist다. 그렇지만 꼭꼭 숨어서 그림만 그리려고 작업실에 머무르는 건 아니다. 그냥 나의 작업실에서 내가 놀고 싶은 대로 꽁냥거리려고 콩 박혀 있다. 그렇게 혼자, 또는 누군가와 훈훈하게 보내는 작업실의 시간은 나이가 들어도 길을 잃지 않고 나답게 살 수 있도록 도와주는 친구 같은 존재이다.

제주도에 내 작업실을 만든 후, 나는 내 첫 책 제목으로 공간을 꾸몄다. '헤르만 헤세처럼 그려라'라는 내 책 제목을 나는 좋아한다.

제주도 작업실 이름인 '헤르만 헤세처럼 그려라'는 길 잃은 누군가에게 뜨거운 차 한잔 내어주며 다독거려 주는 공간으로, 그리고 좋은 작업이 나오는 그런 좋은 유배지로 자리를 잡았으면 좋겠다.

그림을 그린다는 것은 마음을 마음껏 열어 놓을 수 있다는 것이고, 책을 쓴다는 것은 '나름 스스로 참 잘 살고 있구나!' 하고 매일 인정할 수 있다는 것이다. 매일 나를 만날 수 있고 하늘을 볼 수 있는 '헤르만 헤세처럼 그려라' 작업실은 나에게 행운의 장소임이 틀림없다.

📍 '헤르만 헤세처럼 그려라' 작업실
　서귀포시 에듀시티로 240번길 9번지 아이파크스 스토어 R 115호

제주도가 마음속 낭만을 일으켜 세워주다

낭만을 채우는 것들. 그건 무엇일까? 그건 하늘이고, 노을이고, 바람이다. 돌담이고, 들에 핀 아름다운 꽃이다. 정성스러운 음식을 차려주는 곳곳의 맛집들이다.

집안의 것들이 나를 깨우쳐 주는 건 드문 일이다. 집은 가장 중요한 휴식처지만 집안은 나의 책임들로 가득하다. 집안에선 엄마로서 해야 할 역할이 넘치고 나는 늘 최선을 다한다. 역할과 책임감은 매우 필요하다. 하지만 책임과 역할만으로 인생은 완성되지 않는다. 내 안의 에너지를 채우기에 충분하지는 않아

대정의 노을

서다.

그래서 나는 제주도 길 위에 자주 선다. 바람을 느끼고, 돌담을 보고, 하늘을 보고, 꽃을 보고, 맛있는 식당을 찾아 식사한다. 그것만으로도 나의 낭만은 되살아나고 그것으로 나의 삶은 나다워진다.

제주도에 와 있는 이 시간에는 고민도 많고, 낭만도 있고, 쉼도 있다. 그래서 덩달아 이야깃거리가 많다.

산다는 것은 무엇일까? 좋은 것만 보고 좋은 것만 느끼고 즐거운 것만 하고 즐거움만을 느끼기엔 인생은 너무 밋밋하다. 인생은 '제주도의 날씨'처럼 역동적이어야 살맛이 나는 것은 아닐까? 나의 인생을 역동적으로 만들어주는 제주도의 그것들을 소개한다.

첫째, 제주도 바람
제주도에선 바람이 심하게 불면 비행기가 뜨지 못한다. 제주도에서는 비나 눈보다 바람이 제일 무서운 존재다. 태풍의 존재감은 대단하다.
바람이 지날 때 만들어내는 그 소리와 광경의 위력적인 스펙터클은 나무가 화가가 되어 대신 묘사해주는 듯하다. 나뭇가지는 바람을 맞으며 늘어진 어린잎으로 땅의 좌우를 향해 '닿았다,

일어났다'를 끝없이 반복한다.

그러나 바람 뒤 날씨는 봄바람과 같다. 그땐 바다 위에서 풍랑을 맞은 후 다음날 살아났다는 생환의 기분이 든다. 무언가 후련하고 모든 나쁜 걸 덜어낸 기분, 바로 그 느낌이다.

둘째, 돌담

"제주도 바람은 농작물에 대단한 피해를 주겠지."

제주도에서는 뭍에서의 풍경과 다르게 농사짓는 밭에 돌담이 둘러쳐져 있다. 처음에는 "이게 뭐지?" 생각했다. 제주도에서 지내고 보니, 바람으로부터 농작물을 보호하는 그런 기능인가 보다 알게 됐다. 제주도에서 예전에는 소나 말을 방목했으리라. 그 또한 돌담이 필요했을 것이란 생각도 든다.

사람이 사는 곳이 아니라 농작물이 있는 곳에 둘러쳐진 돌담이라…. 꽤 운치 있다. 사람도 비바람이 모질게 불 때, 자신을 위한 돌담이 있으면 얼마나 좋을까? 바람과 돌담……. 둘은 필연적 인연이다.

'종다리 마을'은 제주 옛집을 그대로 보존하는 마을이다. 이곳 마을의 집을 보니 나는 그저 돌담만 보인다. 돌담으로 둘러쳐진 집의 풍경! 돌담은 짙은 회색으로 세월을 온몸으로 받아낸 그런 색을 지녔다.

돌담을 쌓아 올리는 사람, 제주도 석공은 자연 그대로의 방식으로 돌담을 쌓았을 것이다.

돌의 모양이 너무 뾰족하거나 제멋대로 생긴 것은 망치와 정으로 쪼고 다듬어서 올렸을 것이다. 돌가루가 계속 날리는 힘겨운 작업환경 속에 무거운 돌의 무게까지 감당해내야 하는 과정을 거쳤기에 저기에 저 돌담들이 지금 존재한다.

이야기를 들어보니, 하루에 석공이 다루는 돌은 8개 정도밖에 되지 않는다고 한다. 돌담은 100% 손으로 직접 쌓아가는 완벽한 수공 작품이다.

종다리 마을에서 제일 먼저 눈에 띄는 것은 하늘 위 구름이다. 너무 가깝게 보여 손에 잡힐 듯하다.

그러니 구름과 친구 삼은 집들은 하나같이 아름다울 수밖에 없다. 그리고 집과 길 사이로 만들어진 제주 돌담. 그 돌담의 굴곡선이 왜 그렇게 아름답고 낭만적인지, 돌담의 석공 이야기를 듣고서야 비로소 알게 되었다. 돌담은 그 자체로 완전한 예술작품이다.

사람의 손으로 하나하나 다듬어 올린 돌담, 돌로 만들어진 집 한 채, "아, 그래서 아름다웠구나" 생각하니 그 수고로움에 고개가 절로 숙여진다.

최근에 돌담의 현무암이 몸에 좋고, 자연의 아름다움을 품고 있어서 집을 지을 때 많이 사용하기도 한단다. 그 이유 때문인지 최근에 만들어진 제주지역의 돌담은 조금 빼곡한 느낌이 든다. 돌과 돌 사이에 작은 돌들을 빼곡히 채우는 방식은 최근 방식이라고 한다. 이런 돌담을 '겹담'이라고 부른다.

그러나 종다리 마을에서 만나는 돌담은 그렇지 않다. 옛 방식 그대로다. 바람구멍이 너무 숭숭 나 있어서 "어머나, 이렇게 엉성해서 태풍이나 바람을 어찌 피하나?" 하는 걱정까지 들었다.

제주도로 이주한 후 1년 차 되는 때에 태풍으로 창문이 깨지는 것을 보고는 숨구멍이 없는 것들이 오히려 부서질 수 있다는 사실을 알게 됐고 실감했다. 오히려 저렇게 숨구멍이 숭숭 나 있어야 대단한 위력의 태풍도 그 구멍 사이로 숭숭 빠져 나간다. 돌담에는 아무런 피해를 주지 못한다. 기막힌 여백의 이치다.

돌담은 여러 모로 대단하다. 100% 사람의 손으로만 제작되는 그런 공들인 작품이란 사실이 그렇고, 그것 때문에 대단한 태풍도 그저 스쳐 가게 할 수 있다는 이치도 그렇다.

"돌담을 쌓아 올리듯 우리네 인생도 그렇게 산다면 우리네 삶이 좀 더 나을 텐데!"

돌담을 보고 있노라면 이런 생각이 절실하게 든다. 비바람이 치고 대단한 태풍이 불어도, 너무 대들지도 말고 따지지도 말자. 그 비바람이 다 지나는 동안 피하지도 말고, 그저 그렇게 받아들이고 지나가길 기다리자. 여유롭게. 여백의 숨구멍 사이로 숨을 쉬는 거다.

그러다 보면 우리네 인생처럼 다음날 쨍하고 날이 갠다. 그런 날엔 온몸으로 햇빛을 맞으며 다시 뽀송뽀송하고 짱짱한 돌이 되는 거다. 그대로의 나로서 다시 서 있을 수 있다는 의미다.

종다리 마을 돌담은 우리에게 인생을 대하는 태도를 가르쳐준다. 자신의 본질은 공들여서 100% 수공으로 만들어 보라고. 그리고는 여유롭게 그것을 드러내지 않는 듯 그렇게 자신의 길을 걸어보라고.

"이것이 전부"라고 지나치게 무장하고 견고해지면 작은 바람에도 와장창 무너질 게 틀림없다. 종다리 마을 돌담은 내게 매일 매 순간 말을 걸어온다.

"네가 창조하는 것들이 너 자신, 진짜 너의 손길이 100% 닿은 작품이니?"
"어떤 폭풍과 비바람이 불어도 자신이 있는 거니?"

셋째, 제주도 대정읍 하늘

하늘은 "아름답다, 아름다워" 하며 그저 즐기고 느낄 수 있다. 그러나 제주도 하늘은 다른 하늘과는 조금 다르다. 아름다우면서도 슬퍼서 참 많이 울게 한다. 바다가 있는 하늘이어서일까? 일찍 돌아가신 아버지와 아이를 홀로 키웠을 생애가 고단했던 내 어머니 윤명숙 여사 때문일까?

제주의 대정읍은 건축규제로 5층 이상 건물이 높이 못 올라가는 곳이라서 하늘이 유난히 잘 보인다. 내 머리 위에 가깝게 하늘이 떠 있고, 구름이 늘 내게 말을 걸어준다.

"나, 너무 아름답지?"

대정의 하늘 덕분인가? 나는 외롭지 않다. 집 밖에 떠 있는 구름이 친구처럼 익숙하다. 제주도 대정 하늘은 나의 어린 동심을 불러 주었고, 나를 어린 마음으로 살도록 도와준다.

"아름답다!!"

혼잣말할 수 있도록 돕는 그런 하늘, 바닷가 위 하늘은 운치 있게 늘 그렇게 떠 있다. 그리움이 떠 있는 구름이 가득한 그런 하늘이다.

넷째, 제주도 대정 구억리 길가 꽃

제주도 벚꽃은 일찍 핀다. 4월의 벚꽃은 사람의 마음을 혹하게 한다. 하곳길 벚꽃 아래서 아이와 엄마는 함께 사진을 찍는다.

벚꽃

"아름답다." 나는 제주도의 아름다움에 반해 왠지 주책이 없어지고 자주 눈물이 난다.

나이가 든 탓일까? 아름다운 꽃을 보면 이리도 맥을 못 추고 그저 들판에 서서 한참 보아야 한다. 들에 피어 있는 색색의 아름다움을 즐긴다.

벚꽃의 낭만! 벚꽃 아래서 사진을 찍는 엄마와 아이는 아름답다. 그 순간의 찰나가 삶의 어려움을 잘 버티게 해주는, 돌담의 바람 숭숭 난 그 여유 있는 구멍이 될 것임을 직감한다. 아침 등굣길에 나는 아들에게 말했다.

"마우이, 벚꽃이 너무 아름답다. 그치?"

제주도 대정에 피는 꽃들은 참 아름답다. 꽃의 자태는 단아하고 색은 알록달록하다. 제주도에서 살기 전에 나는 제주도에 동백꽃만이 유명한 줄 알았다. 그런 내가 들꽃이 이렇게 대단한 아름다움이 있는 줄 알게 되다니…. 오늘은 내가 길가 꽃에게 소곤거리며 말을 걸어본다.

"너희들 어쩜 이리 예쁘니?"
"정말 예쁘다!"

'사랑 그 아름답고 소중한 얘기들' 노래를 닮은 제주도 꽃들이

여! 너를 마주 할 수 있어서 감사하고 감사해!

다섯째, 제주도 맛있는 식사

제주도의 모든 식당은 잔칫날 분위기다. 식사하는 사람들의 모습은 들떠 있다. 먹는 동안 내내 사람들은 "맛있다, 맛있다"를 연발하며 눈이 초롱초롱하다. 나는 맛있는 집을 좋아한다. 거기에 주인장 인상도 좋고, 공간이 아름답다면 더할 나위 없다.

제주도 식당은 대부분 그런 곳이다. 식사를 준비하는 주인장들의 마음이 즐겁고, 환경은 아름답고, 제주도답고, 맛은 하나같이 일품이다. 창밖으로 보이는 제주도의 하늘과 꽃, 바람 덕분인가?

제주도에서 맛있는 식사를 하고, 풍경을 보고, 함께한 사람과 도란도란 이야기를 하고, 바다를 보고, 그렇게 자신의 인생길에서 토닥거림을 받고 일상으로 돌아간다.

식사는 맛있고, 멋이 있고, 든든하다. 배뿐만 아니라 마음마저 든든해진다. 제주도의 맛은 그런 멋이 있다.

제주 추사관에서 보는 세한도

작업실에서 5분 거리에는 '추사 김정희관'이 있다. 날이 좋은 날은 좋은 날씨 덕에 힘이 느껴지는 추사 김정희 선생의 글씨가 내게 힘을 준다. 날이 흐린 날은 흐린 날 덕분에 세한도에서 느껴지는 그 쓸쓸한 고독함으로 예술혼을 가득 느낄 수 있다.

대정은 그 시절에 척박한 땅이라서 유배지로 쓰였나보다. 김정희는 명문가의 자제로 당대 최고의 벼슬도 했지만, 55세의 나이에 제주도로 유배를 와 9년간 유배생활을 하였다. 아무것도 없는 척박한 이곳에 유배를 와서 그 쓸쓸하고 애절했던 고독감으로 자기를 성찰하고 치열하게 학문과 예술을 갈고닦았을 것이다.

그런 과정에서 탄생한 작품이 '세한도'다. 국보 제180호인 세한도. 제주도에 내려와서 처음 추사관에 갔을 때 세한도 복사본을 만 원에 1장 사 왔다.

작품은 매우 고즈넉하다. 세한도에는 둥그런 창문이 그려진 집, 잎이 떨어진 소나무와 잣나무가 전부인데, 그 세한도에는 제주도 대정의 바람과 고독이 고스란히 들어 있다. 추사관에 가는 길가에 있는 집과 다르지 않다.

제주 추사관

추사관에서 보는 세한도

비가 오는 날 추사관에서 보는 '세한도'는 일품이다. 나는 박물관을 그리 좋아하지 않는다. 도서관보다 서점을, 박물관보다는 전시장을 선호했다. 그런 내가 집 근처에서 있는 세한도를 자주 볼 수 있음에 감사하다.

나는 쓸쓸하지만, 낭만이 있는 작품들이 좋다. 너무 오래돼서 낭만을 찾아볼 수 없는 작품들도 많다. 내게는 말이다.

그러나 세한도는 다르다. 그 어떤 그림보다 낭만적이고 매력이 있다. 글씨를 쓰는 추사 김정희, 추사체를 만들도록 도와준 곳은 이곳 제주도다. 제주도의 척박한 생활이 그의 예술혼을 가득 채운 거다.

삶은 참 단순하지 않다. 지금 자신에게 주어진 상황이 나쁘다고 해서 그것이 내 인생에 주는 것 또한 나쁘다고 말할 수 없다. 흔한 말이지만 예술혼은 척박한 곳에서 오히려 꽃피운다.
세한도는 제주도에 유배된 자신에게 늘 책을 보내주는 제자 이상적에게 보답으로 그려준 것이다. 그림에 새겨진 '장무상망(長毋相忘)' 인장은 "서로 오래도록 잊지 말자"라는 의미를 담고 있다.

'잊지 말자'는 글과 제주도의 쓸쓸함이 그대로 담긴 그림이라서 어떤 긴 말보다도 더 아름다운 것은 아닐까? 우리네 사는 인생이 풍요롭고 안전해야만 아름다운 건 아니다. 척박함 속에서 피는 예술혼은 인간의 본질과 닮아 있어서 보는 이의 마음을 흔들어 놓는가 보다.

시대가 이리 많이 흘러서도 아름다운 세한도!

오늘은 추사관에 스님 두 분이 오셔서 도란도란 이야기를 나누는 모습이 정겹다. 추사 김정희 선생에게 제주도의 유배는 무엇과도 비교할 수 없는 척박한 환경이고 어려움이었겠지만, 그 시간이 없었다면 세한도처럼 운치 있는 작품을 후대인 우리는 맛볼 수 없었으리라.

나는 오늘도 세한도를 보며 대정의 운치를 느낀다. 제주 추사관에 다녀가는 길은 나와 마주하는 그런 시간이다.

자존감 연습 1

"나는 무엇을 원하는가?"를 알고 있는가? 식당에 들어간 친구 둘의 대화이다.

친구1 "무얼 먹을까?"
친구2 "글쎄?"

사춘기의 꿈

친구1 "뭘 먹을까?"

친구2 "너는 뭐 먹고 싶어? 네가 먹고 싶은 걸로 골라 봐."

친구1 "그러게, 뭐 먹지?"

친구2 "그러게…."

친구1 "이거 어때?"

친구2 "그래, 좋아."

그런데 뭐가 좋다는 거지? 우리는 사소한 선택도 회피하려는 습관이 있다. 서양인보다는 동양인에게서 나타나는 경향이기도 하다. 자신이 무엇을 좋아하고, 어떤 것을 선호하는지 모른 채 무탈하게 자랐다.

그러다 보니 문득 어느 장소에서 "당신은 꿈이 무엇인가요?"라고 질문을 받는다면 "무슨 말이에요?" 하고 반문하기 일쑤다. "자신에게 이런 질문을 왜 하는 거냐?"라는 뜻도 된다. 당황해한다.

삶이란 개인의 것이다. 내가 태어나고 내가 죽는다. 이것이 우리들의 숙명인데, 왜 우리는 이 유한한 삶 속에서 매번 스스로 묻지 않을까? 8살부터 12년간 우리는 사회에서 어떻게 살아가야 하는지를 공통으로 배운다. 12년간 선생님 말씀 잘 듣고 규칙을 잘 지키며 성실하면 우수한 성적으로 졸업한다. 그리고 20대의 청춘에 들어와 고뇌를 시작한다.

본질적인 고민과 철학, 인문학적 답을 찾으려 지적 분수령이 쏟아지기도 한 시절이다. 연애하며 감수성의 바다에 푹 빠져 보기도 한다. 그러나 최근의 이십 대는 현실적인 스펙 쌓기의 똑같은 길 위에 서 있는 것 같아 안타깝기도 하다.

인생이란 계절처럼 절기마다 다르게 느끼게 되어 있다. 나는 쉰 살이 넘어서야 인생에 대해 조금 알기 시작했다. 다른 사람들과 잘 살아 내기 위해 공통으로 갖추는 소양과 함께 '자기다움'을 갖추어야 한다. 그래야, 한 개인의 삶이 나이 드는 부정적 계절을 맞이하지 않는다.

자기다움을 갖추고 살아갈 수 있다면, 긍정적인 자기 모습을 이룰 수 있다.

"누가 그랬어"보다 "나는 그래"로~
"누구는 그러더라"보다 "나는 그래"로~
"그렇다더라"가 아니라 "나는 이렇게 느껴지더라", "나는 이것을 좋아해", "나는 그래"로~ 이렇게 말이다.

제일 먼저 주인처럼 말이나 행동을 해 본다. 그리고 자기 안에서 나온 것을 옮기는 일기를 써 본다면 참 좋다. 그림은 더할 나위 없이 좋다. 그렇게 자기답게 살아가는 방법을 체득해 보자.

자기다운 사람은 멋이 난다.

"봉사활동을 시작해 보자."

봉사활동은 자신의 존재감이 드러나는 가장 확실한 방법이다. 누군가에게 도움을 준다는 것은 자기 내면에 엄청난 도움을 받는 방법이기도 하다.

나보다 어려운 환경 속에 있는 사람을 돕는 이타적인 행동으로 인해 자신의 유능함을 인지하고, 뿌듯함을 느끼고, 스스로가 아름답게 느껴질 수도 있다.

봉사라는 것은 거창하지 않다. 자신을 둘러싼 환경 속에서 자신의 시간과 신체 움직임을 통해서, 또는 지적 활동을 통해서 도움을 줄 수 있는 상호 소통이 있는 봉사활동을 추천한다.

봉사활동은 마음의 양식을 쌓을 수 있는 좋은 방법이다. 감사해진다. 그리고 자신의 유능함이 보인다. 이렇게 좋음이 가득한 봉사활동은 자존감을 회복하는 가장 의미 있는 행동이기도 하다.

제주도에서 부고 알림을 받고

오전 8시에 부고 알림이 문자로 왔다. 당황해서 무조건 항공권을 알아보니, 5월 성수기라서 모든 항공사에 표가 한 장도 없었다. 다행히 몇 시간 만에 잠깐 한 표씩 뜨는 팝업 티켓으로 12시 10분 행을 겨우 잡았다.

대정에서 제주공항까지 낮에 가려면 40분 이상 걸리고 수속 과정까지 생각하니 마음이 바쁘다. 장례식장은 충남 당진에 있다.

김포공항에 내리면 시외버스 리무진이 있다고 하니 다행이었다. 비행기에서 내려 당진까지 가는 길이 멀다. 제주도에서 부고 알림을 처음 받아본 나는 당황스러웠다. "티켓이 없어서 섬에서 못 나갈 수도 있구나!"를 처음 느꼈기 때문이다.
다시 내가 있는 제주를 되짚어 보게 된다. 당진은 나의 외가댁이 있었던 곳이지만, 이제 할아버지, 할머니 모두 돌아가셨다.

너무 오랜만에 보는 당진의 풍경. 아파트가 많이 생겼고, 시골이 아니라 도시 느낌도 난다. 어려서는 방학 때 늘 할머니 댁에서 놀곤 했었다. 돌아가신 이모부가 대학 졸업식 때도 와 주시고, 어린 날 당진 왕 포도밭에서 포도를 많이 사주신 기억이 난다.

150

날개

10년 전 어느 날에 잠깐 서울에서 뵈었을 때 내 그림으로 만든
스카프를 갖고 싶으시다고 했던 기억이 선명하다. 이제 나이가
들고 보니, 가까운 분이 돌아가시고 나면 나에게 특별하게 잘해
주신 것만 기억나고, 내가 못해 드린 기억이 있다면 참 송구하
고… 그렇다.

살아 계셔도 여전히 뵙지 못하는 환경인데 제주도에서 비행기

를 타고 버스를 타고 먼 길을 달려가 절을 하고서야 뵙게 되다니…. 돌아오는 비행기에서 내내 본 노을 진 하늘이 우리네 인생 같았다. 그래서 많은 생각이 든다.

살아 있다는 것은 무엇일까? 그것이 인생이구나. 삶이 언제까지나 주어질 것 같아, 우리는 하루를 잊은 채 늘 미래를 말하고 인생을 논한다.

제주로 돌아오는 비행기에서 나는 최선을 다해 '오늘을 산다'라는 것이 얼마나 의미가 있는지를 새삼 느낀다. 오늘 긴 시간 달려온 장례식장에서 국화꽃을 올리고, 향을 하나 꽂고 절을 드리며, 나는 기도했다.

"편히 잠드시고, 어린 날 함께 먹었던 왕포도를 추억하며, 돌아가신 이모부의 베풂에 감사합니다."

절을 하고 다시 긴 길을 되돌아서 제주도에 왔다. 인생은 늘 선택이다. 선택으로 길이 정해지고, 그 길 위에서 다시 선택하고. 그것이 인생이 된다.

제주도에서 부고 알림을 받고 달려갔다 온 12시간 동안, 나는 "늘 움직이는 쪽으로 선택했구나."를 느낀다. 어떤 일이 생겼을 때, 어떤 것을 계획했을 때, 나는 생각만 하거나 고민으로 끝내는 경우가 드물었다. 일단 실행하는 쪽으로 늘 한 발 나가 있다.

부고 알림에 어렵게 다녀온 길 위에서 조금만 머뭇거렸다면, 먼 길 떠나는 이모부를 뵙지 못하고 절을 올리지 못했을 것이다. 해가 뉘엿하게 지는 비행기의 끝 날개를 보니, 그것이 문득 내 인생처럼 느껴진다. 어느 곳을 가기 위해 서서히 몸을 돌려 날아가고 있는 이 제주행 비행기처럼.

나는 어느 행 비행기일까? 정확한 목적을 알고 가는 걸까? 알 수 없는 인생이니 그저 자기답게 선택하며, 열심히 살아가야 할 것이다. 그러다 보면 "어느 행 목적지였구나!"를 깨닫게 되는 게 인생이 아닌가 싶다. 그때그때의 선택을 나답게 할 수 있는 오십 대가 넘은 지금을 나는 사랑하려 한다.

제주도에서 부고 알림을 받고 달려갔다 오는 길. 길 위에서 애도의 기도를 하는 날은 자신의 인생을 되돌아보는 날이 되기도 한다.

5월의 제주 바다

5월의 제주 바다는 날이 더운 날 수영하기에 무리가 없다. 협재 바다 제2주차장으로 들어가 가까운 바다 앞에 텐트를 치고 고래 튜브를 빌려서 두 시간을 실컷 놀았다. 협재는 모래도 많고, 오후 4시쯤은 특히 수면이 매우 낮아서 놀기가 좋다.

5월 제주도 바닷가

스타벅스가 바로 뒤에 있고, 치킨 배달하는 분들은 텐트에 전단지를 놓고 간다. 바다는 너무 푸르고 하늘과 맞닿아 있는 것처럼 색이 아름답고, 멀리 보이는 풍경이 멋스럽기만 하다.

제주도에 온 후 나는 바다에서 수영하기 위해 꼭 3시 30분이 지나서 온다. 뜨거운 해가 지나면 바다는 운치 있는 정경으로 서서히 바뀐다. 아이는 바다에서 고래 튜브에 매달려서 신나게 논다. 오늘은 친구 없이 아빠, 엄마, 마우이 이렇게 왔다.

5월의 제주 바다는 운치 있다. 그 속에서 노는 아이의 모습은 여유롭다. 쉰 살이 넘으면 바닷가에서 논다는 것 자체가 조금 거추장스럽다. 짐도 많고, 다녀오고 나면 모래가 내내 서걱대고, 뒤처리해야 할 것들도 많다.

그래도 나는 아이와 함께 5월 제주 바다를 간다. 날이 좋은 날 오후에 후딱 슬리퍼를 신고 달려 나가 본다. 5월의 제주 바다는 자유로운 푸르름이 있다.

5장.

나는
맛과 멋을
안다

제주의
숨은 명소와
맛집 찾기!

김창열미술관

김창열미술관과 장정순갤러리

김창열미술관이 있는 '저지리 예술인마을'로 가는 길에는 숲길
이 펼쳐져 있다. 아름답고 풍경이 시원하다. 김창열미술관에서
물방울 그림을 접했을 때, 그동안 보아온 몇 점의 물방울 작품
과는 감흥이 달랐다.

작업의 신선함과 자기 삶을 담고 있는 담담한 자기다운 그림에
매력을 느꼈다. 그는 할아버지의 영향을 받아서인지 작업 바탕
에 한자가 적혀 있는 배경지나 영자신문이 많았다.

동양적이었다. 서화라는 느낌이 들면서도 자유롭고, 묘하고, 개
성 있는 작품들이다. 이곳 미술관은 매우 넓고, 넉넉한 시간을
갖고 그림을 보고 또 보아도 좋은 그런 공간이다.

특히 밖에 있는 물방울의 입체 작품들을 보는 멋이 아주 대단하
다. 건물 틈새로 들어오는 외관 빛이 꽤 세련되다. 멋스러운 건
물이다. 갈 때마다 젊은 친구들이 유독 많은 전시장이다.

김창열미술관을 둘러보면 외부 다목적 스튜디오 쪽으로 나오게 된다. 길을 따라 왼쪽으로 자연스럽게 걷다 보면 '장정순갤러리'가 눈에 띈다. 아름다운 건물이라서 처음 김창열미술관에 갔을 때 자연스럽게 들어가 보았다.

여기는 차도 마실 수 있는 아름다운 개인 갤러리이다. 나는 이곳을 빌려서 아이의 아홉 살 이야기를 전시해 주기도 했다. 장정순갤러리는 자그맣고, 제주도를 닮은 그런 전시장이다.

김창열미술관에 온다면 전시를 보고 자연스럽게 걷다가, 장정순갤러리에서 차 한잔 마시면서 작가 선생님에게 그림 이야기를 청해 보면 낭만적인 시간이 될 수 있으리라 생각한다.

제주도 하늘 아래는 다른 곳보다 '나를 찾기에 매우 적당한 곳'이다. 그런 특별한 기운이 있다. 가는 곳마다 "아!" 감탄사를 연발할 수 있고, 이곳에 서 있는 내 삶도 꽤 멋이 난다는 생각을 할 수 있다.

어린 날의 동심을 잃지 않고 살 수 있다는 건 행운이다. 낭만이 있어야 꿈을 꿀 수 있다. 꿈을 꾼다는 건 자신의 멋에 취할 줄 안다는 것이기도 하다. 그런 일이 자주 일어나지는 않으니, 어느 순간 그런 날이 온다면 우리는 온 마음을 다해 스스로 취할 필요가 있다.

그렇게 스스로 취할 수 있는 것이 저지리의 산책로에 있는 미술관들이다. 저지리는 제주도에서 예술인마을로 지정된 곳이기도 하다. 그 자체로 아트하고 멋이 난다. 낭만적인 공간의 이곳저곳에 미술관들이 있다.

근처 김홍수미술관 옆 '우호적 무관심 café'에서 커피를 마시는 것도 좋다. 또한, 장정순갤러리에서 작가 선생님에게 그림 이야기를 들으며 마시는 꽃차는 말로 표현할 수 없을 정도로 일품이다. 햇살 좋은 날이 잘 어울리는 저지리 미술관 코스를 꼭 추천한다.

📍 **제주도립김창열미술관 미술관** 제주특별자치도 제주시 한림읍 용금로 883-5

삶의 철학을 들려주는 스누피

스누피(SNOOPY) 가든으로 들어가는 입구에 '스누피'가 하늘을 보고 누워 있는 조각 바위가 있다. '스누피가 저런 캐릭터였구나!'를 알게 하는 조각이다.

지붕 위에 누워 있는 스누피 만화를 보고 자란 나는 제주도 하늘 아래 돌 위에 조각된 스누피를 보면서, "스누피가 추구하는 인생을 대하는 태도 같은 심오함이 느껴지는 이건 뭐지?"라는 생각이 떠올라 혼자 피식 웃으며 전시장으로 들어갔다.

스누피는 나의 어린 시절 만화다. 들어서서 깜짝 놀란 건 "스누피 대사들이 이렇게나 심오했나?", "이리도 멋이 나는 대사가 많았나?" 하는 생각 때문이다. 사뭇 놀랍다.

만화를 이렇게 ART하게 승화한 기획에 놀랐다. 어린 날 내가 좋아하던 스누피가 이렇게 인생철학을 듬뿍 담았었다니, 괜스레 '어깨 으쓱이'가 된다. 아이도 신났다. 만화를 읽어보기도 한다. 가로 4컷의 만화다.

대사1 "인생이란 말이야, 찰리 브라운. 종종 우리에게 끔찍한 문제를 던져주지."
대사2 "네가 간신히 하루하루를 견디고 있는데 갑자기 뭔가 끔찍한 일이 일어난다고 해."
대사3 "그럼 넌 어쩔 거니?"
대사4 "그 일을 떠넘길 사람을 찾아야지."

전시장 안 기계에서 버튼을 누르면 스누피 만화 한 컷이 나온다. 아이가 버튼을 누르고 갖고 온 만화 대사다. 대사마다 미소가 나온다. 그리고 외치게 된다.

스누피 가든

"그래, 그게 인생이네."

스누피 가든은 아이를 위한 발걸음이었는데, 어느새 나는 꼼꼼하게 만화 대사들을 읽고 있었다. 동심이 살아 있다. 왠지 아이들에게서 인생을 대하는 태도를 배워야 할 것 같은 이 기분은 뭘까?

하필 흐린 날에 간 탓에 야외에서 많이 놀지 못한 아쉬움이 있

스누피 가든의 낭만

어서 언젠가 다시 가기로 했다. 스누피 가든에 할아버지 할머니들이 많아서 놀랐다. 모두 즐거운 표정이셨고, 이야기를 많이 하셨다. 정말 즐거운 전시이고, 메시지를 던져주는 가든이었다.

사람들에게 꿈과 희망을 주는 그런 가든 SNOOPY. 훈훈한 가든, 미소가 끊이지 않는 가든이다. 지붕 위에 누워 있는 스누피의 심오한 철학을 나는 오늘에서야 되짚어 보았다.

📍 스누피가든 제주시 구좌읍 금백조로 930

JUST PIZZA

'JUST PIZZA(저스트 피자)'. 나는 이 간판을 좋아한다.

맛, 장소 모두 군더더기 없이 깔끔하다. 피자도 맛있고, 포테이토 맛도 좋다. 닭 윙도 일품이다.

대정에서 내가 꼽는 간판 맛집 저스트 피자. 요 말이 맘에 든다. 2층 자리에 아무도 없을 때 보드게임 하는 시간도 여유롭다. 2층에서 보는 하늘은 제주도스럽다.

직접 굽는 저스트 피자. 여유 있는 피자 맛이 난다.

간판이 유독 맘에 들 때, 나는 그곳을 자주 간다. 그렇게 간판이 마음에 든 곳은 맛도 좋다. 저스트 피자 가게 역시 그렇게 이끌려, 해질녘 아이와 함께 가끔 나들이 가서 먹고 오는 곳이 되었다.

📍 **저스트피자** 서귀포시 대정읍 에듀시티로 38

CRACKERS

창고형 찻집이나 밥집을 나는 좋아하지는 않는다. 그러나 '크래커스(CRACKERS)' 대정점은 유일하게 아포카토(Affogato)가 먹고 싶을 때 찾는 곳이다.

아포카토는 이탈리아어로 '빠지다, 익사하다'라는 뜻이다. 나는

CRACKERS
아포카토

아포카토를 좋아한다. 달콤한 아이스크림 위에 가장 진한 에스프레소를 올려서 먹는 그 맛은 인생의 맛이다. 커피 맛이 유난히 좋고 아이스크림이 맛있을 때 행복의 맛이 난다.

브라운색 두툼한 커피잔에 아포카토를 담으면, 멋과 맛이 더욱 진하다. 나는 그런 시간을 좋아한다.

초콜릿은 달달한 밀크 맛보다는 달콤쌉쌀한 다크 맛이 좋다. 귤도 단맛만 나는 것보다, 달콤새콤해야 맛이 난다. 좋기만 하고, 신나기만 하면 그것이 삶이겠나. 고난도 함께해야 좋은 것도 알게 되는 거다. 아포카토를 좋아하듯 내 지금의 생활에 빠져버리면 된다. 그거면 된다.

크래커스에서 먹는 아포카토는 오늘 나의 스승이 된다. 아포카토처럼 지금 여기에 기꺼이 빠져서 온 마음으로 지내는 것, 그거면 됐다. 그래서 아포카토를 먹는다.

📍 **크래커스커피 대정점** 대정읍 보성구역로 126번길 3

봉자네상점

동쪽에 갈 일이 있을 때 들리는 돈가스 맛집. 서울에서 하시던 분들인데, 주인장댁의 고향이 제주도라서 내려오셨다고 한다.

월정리 바닷가 근처라서 젊은 연인들이 많은 곳이다. 봉자네상점은 월정리 바닷가에 있지만, 동네 길가에 있어서 조용하다.

등심 돈까스와 매콤 해물볶음이 너무 맛있다. 제주 아쿠아 플나넷에 가면, 조금 돌아서 집으로 오더라도 봉자네상점에서 이른 저녁을 먹고 다시 대정으로 달려오기도 한다. 직접 구운 마카롱 맛도 너무 맛있다. 스폰지밥 마카롱이 귀엽다.

주말이면 아이와 제주 아쿠아 플나넷의 드넓은 수족관 앞에서 여유롭게 있다가, 배가 고플 즈음 출발해서 봉자네상점에서 식사하고 대정으로 돌아오는데, 이 길은 제주 여행 코스나 다름없다.

제주도 맛집, 봉자네상점을 기억해 주세요.

📍 **봉자네상점** 제주시 구좌읍 월정7길 26 1동

봉자네상점

송훈파크

'송훈파크'는 넓고 아름답다. 돼지고기도 맛있다. 고기를 먹고 야영장처럼 넓게 펼쳐진 잔디밭에서 커피를 마실 수 있는데, 그 맛 또한 일품이다. 따뜻한 날 찾으면 모두 함께 즐길 수 있는 공간이다.

송훈파크의 하늘 풍경

아이들과 마차를 탈 수도 있고, 가족과 함께 즐길 거리가 많은 장소다. 방송에서 유명해진 곳이라서 주말은 사람들이 꽤 많고, 평일에는 비교적 한적하다.

남편과 아이와 함께 저녁을 먹고, 노을 지는 저녁을 보며 마시는 COFFEE 맛이 좋은 곳이다. 잔디가 넓고 아름답다.

📍 **송훈파크** 제주시 애월읍 상가목장길 84

꽃놀이 화원 jeu de fleurs

나는 이사할 곳을 찾을 때 제일 먼저 하늘이 잘 보이는지 확인하고, 주변에 Coffee가 맛있는 café가 있는지를 찾는다.

그리고 식물이 있는 꽃집을 찾는다. 집을 내 멋대로 정리하고, 늘 꽃과 식물로 멋을 내며 마무리한다. 그것만으로 싱싱한 숨쉬기가 된다.

집 근처 '쥬 드 플레르(jeu de fleurs)'에는 꽃도 있고, 식물도 있고, Coffee도 있다. 쥬 드 플레르는 '꽃놀이'라는 뜻을 가진 프랑스 말이라고 한다. 영국식 탁자와 테이블을 배치해, 오래된 세월을 이야기해 주는 것 같아 마음에 든다.

꽃이 있는 공간에서 하늘을 보며 마시는 Coffee 맛은 부드럽다. 제주도의 공간과 하늘이 어우러져 감동을 준다. 오랜 기간 머물면 그것이 내 정서가 된다고 생각하니 흐뭇한 미소가 나온다.

그러나 글을 쓰는 기간 동안 '꽃놀이, 쥬 드 플레르'는 문을 닫게 되었다. 무척 아쉽다.

협재 금능해수욕장

제주의 협재 금능해수욕장은 아이들이 바닷가에서 수영하며 놀기에 딱 좋다. 오른쪽 작은 바위 근처에는 작은 물고기들도 많다. 물고기도 잡고, 수영도 하고, 의자 하나 놓고 바라보는 노을 지는 하늘은 일품이다. 봄, 여름, 가을, 겨울 언제나 좋다.

1월, 오후 5시쯤 달려가면 해가 바다 속으로 들어가기 전 아름다운 노을을 그대로 볼 수 있다. 노을이 떠 있을 때의 빛이 바다 안으로 사라지면, 금세 어둠으로 변한다. 그 느낌이 나는 좋다. 친한 친구가 오면 시간을 맞추어 그 시간쯤에 간다.

소나무 야영 시설도 잘 되어 있고, 화장실, 수도, 편의점 등의 시설이 잘 정비되어 있다. 느긋하게 바다에 앉아 노을이 떨어지

금능 바닷가

는 걸 볼 수 있다면 행운이다.

대정댁이 된 나는 감수성이 너무 풍부해졌다. 그저 제주도와 잘 사귈 수밖에 없다. 친구들과 제주도 바닷가에서 물놀이하는 마우이는 너무나 행복하게 시간을 보낸다. 아이도 그렇게 제주도에 물들어 가고 있다. 금능 바닷가는 아름답다.

📍 **금능해수욕장** 제주시 한림읍 금능길 119-10

성 이시돌 목장

제주 한림 읍성 이시돌 목장에 있는 예수 성심의 성 클라라 수도원 성당. 가끔 수도원에 계시는 수사님들이 성당에 오시기도 하는데, 분위기가 참 특별하다. '성 이시돌 목장'에서 생산되는 우유는 항상 신뢰가 간다.

"기도하고 지내시는 곳에서 나오는 우유인가?"
그런 느낌이다.

대정으로 오면서 동네 사람이 슬리퍼 끌고 달려가 먹는 것처럼 아이스크림을 먹으러 목장으로 갔다. 대정에서 가는 데 시간이 꽤 걸린다. 하지만 아이스크림도 맛있고, 치즈도 맛있고, 우유

성 이시돌목장과 하늘

도 맛있다.

성 이시돌 목장에서 가장 인기를 끄는 것은 '우유 팩' 아트다.
제주 하늘과 말, 그리고 우유팩이 너무 잘 어울린다. 시원한 바
람 냄새도 좋고 말똥 냄새도 괜찮다. 목장으로 시원하게 뚫린
길은 선이 예뻐서 늘 셔터를 누른다.

성 이시돌목장

가깝고 사랑하는 사람들이 오면 꼭 성 이시돌에 간다. 달콤한
아이스크림을 사주며 "맛있죠? 맛있죠?" 연발하며 묻는다. 옛
날 시장에서 엿을 하나 사준 사돈이 종일 "달쥬? 달쥬?" 한다는
것처럼 말이다.

이곳은 아이스크림 맛만큼이나 풍경도 아름답다. 여유롭게 서
있는 말들을 보는 나는 자유로운 영혼을 한껏 느낀다.

📍 **성이시돌목장** 제주시 한림읍 금악동길 35

이니스프리 제주하우스

항상 관광객들이 많은 녹차밭 길과 이니스프리 제주하우스. 오설록 옆에 새로 지은 공간이다. 드넓은 공원을 갖고 있어서 날이 좋은 날 배드민턴을 치면 좋다.

이니스프리 제주하우스에는 도시락 메뉴가 있다. café 공간은 자연과 함께 어우러져서 사람의 마음을 따뜻하게 만들어준다.

일주일이나 이 주에 한 번 보는 아빠와 늘 긴 시간을 보내고 싶어 하는 아이. 제주도 집에서 가까운 이니스프리 제주하우스에 배드민턴 채와 원반을 가지고 가서, 차를 마시며 몇 시간씩 드넓은 잔디밭에서 배드민턴을 치거나

오설록 옆 이니스프리 공간

원반던지기를 하며 논다.

제주도를 관광지로 왔을 때는 배낭을 메고 하루에 여러 곳을 들리고, 보고, 걷고, 쉬지 않고 돌아다녔는데 제주도 도민이 되고 나서는 한 곳에서 종일 논다. 이니스프리 제주하우스의 하늘이 푸르르고 잔디는 드넓고, 여유롭고, 한가롭고, 아름답다. "조금 쉬었다 걸어가도 좋은 게 인생이구나."를 알게 해주는 그런 여유 있는 곳이다.

📍 이니스프리 제주하우스 서귀포시 안덕면 신화역사로 23

'한 치 앞도 모를 바다' 떡볶이집

놀랍게도 '한 치 앞도 모를 바다'는 떡볶이 가게 이름이다. 떡볶이집 이름이 너무 심오해서 호기심으로 가봤다. 그런데 유명하고 인스타용 사진을 찍기에도 너무 좋은 환경을 만들어 놓았다. 제주도다운 돌담집에 비주얼 좋고 떡볶이도 제맛이다. 맛있는데, 이런 표현 말고 아기자기한 맛이 있다고나 할까? 엄마와 아들, 가족들, 연인 모두 와서 즐겁게 사진 찍고, 여행지의 기분을 만끽하는 그런 곳이다.

한 치 앞도 모를 바다

제주도에서 날씨가 꼭 이 간판과 같다. 한 치 앞도 모를 날씨!
이름 덕을 톡톡히 보는 제주다운 떡볶이집이다.

📍 한 치 앞도 모를 바다 제주시 한림읍 협재 6길 9

우연히 만난 블루하우스 밀크티 전문점

대정읍 보성리에는 우리은행이 없어서 서귀포시로 40분을 달
려 나왔다. 우리은행 주차장은 못 찾고, 맞은편 농협 주차장에
차를 주차했다. 농협 입출금 통장을 하나 만들려고 들어가 보
니, 제주도민이 아니라서 안 된다고 한다. 아직 주소지를 이전
하지 못한 상태다.

블루하우스

우리은행에서 업무를 보고 오다가, 농협 바로 옆에 블루 톤으로 된 특이한 카페를 하나 발견했다.

블루 톤으로 하늘이 유난히 잘 보이는 구조로 만들어 놓은 '블루하우스 카페'다. 색깔만 봐도 느낌이 전해진다. 10시에 연다고 해서 5분 정도 기다리며 카메라 셔터를 눌러 보니, 블루가 참 예쁘다.

이곳은 내가 좋아하는 밀크티를 전문으로 하는 곳이다. 애플파이와 에그타르트가 갓 구워져서 나왔다. 밀크티를 마시니 아침의 여유가 이렇게 좋을 수가 없었다.

느낌 그대로를 노트북에 적으면서 애플파이와 밀크티를 마시는 이 시간이 행복하다. 그러면 됐다.

삶은 복병처럼 늘 느닷없이 찾아온다. 우리는 그 순간들을 느끼지 못해서 여유롭지 못하다. 40분을 달려오는 제주도 길에서는 감사의 기도가 절로 나왔다. 제주도의 풍경을 느끼며 운전하는 아침의 축복. 그 축복에 더해, 우연히 만난 카페 블루하우스는 너무 행복한 장소다.

홍콩 사람이 직접 운영하며, 홍콩에서 직접 재료를 가지고 온다는 설명이 왠지 블루 하우스의 맛을 더해 주었다.

나는 브리즈번에서 꿈꾸기를 자주 했다. 낯선 곳에서의 상상은 낭만적이고 아름다웠다. 이곳도 그렇다. 제주도 카페 블루하우스의 밀크티 맛은 여행지의 낭만이 가득한, 설렘을 주는 맛이다.

제주 서쪽 바다의 석양

제주도 서쪽 바닷바람

바람이 세게 부는 늦가을, 바닷바람을 맞는다는 건 힘든 일이
다. 머플러를 입까지 가리고, 눈에는 바람으로 눈물이 살짝 맺
힌다. 바다는 화가 난 것처럼 휘몰아치고 있다. 그리고 그 바다
앞에 내가 서 있다.

가로로 쭉 뻗어 있는 바다가 가슴을 확 트이게 해준다. 가슴이
뻥 뚫린다. 조금 싸늘한 바람을 맞으며 바다를 봐야만 그 맛이
난다. 겨울에 다시 와야겠다고 생각하며 돌아왔다.

마음이 답답할 날, 바람 부는 날의 제주도. 제주도 서쪽 바닷바람은 가슴을 뻥 뚫리게 도와준다. 바람으로 흘린 눈물을 닦으며 미소 짓는다.

"괜찮아, 괜찮아!"
집으로 돌아오는 길에 보이는 뜨거운 커피가 이리 반가울 수가 없다.

책방 소리소문과 스토브온 피자

토요일 아침, 느긋하게 '소리소문' 책방에 갔다. 제주도 도로에는 라운드 어바웃이 많다. 책방은 오전 11시 오픈인데 너무 일찍 와서 뜰에서 잠시 놀았다. 오픈 후 들어간 책방은 아기자기한 콘셉트가 가득한 사진 맛집이었다.

우선 입구에 놓여 있는 의자는 운치 있고, 세월을 그리워하기에 충분하다. 이내 감수성을 자극한다. 학교에서 잡은 작은 도마뱀을 지퍼백에 넣어 간 마우이는 소리소문 책방 주인장과 할 말이 많은가 보다.

이곳은 아기자기한 소리가 들려오는, 운치 있는 책방이다. 책을

소리소문

읽을 수 있는 공간이 참 좋다. 제주도에서 이렇게 책방으로 삶이 넉넉해지고, 즐거워지리라고는 생각하지 못했다. 그런데 이 책방은 토요일 오전을 느긋하게 즐기기에 딱 좋은 장소라고 생각한다. 책방에선 신나게 책을 고르고 읽고, 아이도 재잘재잘 이야기하면서 놀 수 있다.

소리소문 책방 옆 피자 가게를 보고 깜짝 놀랐다. 강렬한 빨강의 이미지가 남아 있어서다. 책방에 오면 꼭 여기서 먹어야 할 것처럼 우리를 부른다. 마우이와 나는 책방에서 나와서 스토브온으로 들어갔다.

강아지를 데리고 와도 되고, 밖에 있는 정원에서는 스토브온 주인장네 개들이 놀고 있다. 동네 떠돌이 유기견도 있어서 놀랐는데, 순했다. 실내에는 반려견이 함께 올 수 있으니 아이들이 참 좋아했다.

자리에 앉아서는 예상치 못한 풍경에 놀랐다. 제주도의 아름다운

책방의 멋

풍경을 보며, 아이는 강아지와도 놀았다. 피자 맛은 일품이었다.

낭만 가득한 궁합.
책과 피자.

집을 나설 때 나는 딱히 100%의 일정을 만들지는 않는다. 그저 "책방 가자!" 하고 나온 길이었는데, 의외의 만남이 마우이와 나를 신나게 했다.

책과 피자, 강아지. 그리고 제주도의 하늘. 이것으로 충분히 완전한 토요일이다. 감사하다. 오후 늦게, 책방에서 갖고 온 파울루 코엘류의 책을 읽으며 생각에 잠겼다.

파울루 코엘류는 이렇게 말했다.

"인간의 행동과 자세에는 품위가 있어야 합니다. 품위는 고상한 취미, 친절함, 균형감, 그리고 조화입니다."

이 문장에 나는 잠시 우리 집 거실에 걸려 있는 하늘을 본다.

나는 품위 있는가? 나는 그림을 그리고, 하늘을 보는 취미도 있고, 혼자서도 재미있게 쫑알거리며, 글을 쓴다. 혼자서 잘 논다. 나이가 들면서 누군가와 함께하는 시간이 점점 줄어든다. 수다도 준다. 수다보다 재미있는 책을 읽고 혼자 킥킥대는 순간이 좋다.

파울로 코엘류가 말하는 '품위'의 균형감에 문제가 생긴 것인지도 모르겠다. 혼자 있는 시간이 편하니 말이다. 조용히 Coffee 한 잔과 책 한 권 놓고 노는 날이 행복하다.

파울루 코엘류의 말처럼 친절하고 균형감 있는 나이 듦이 중요하다는 말에 나 또한 공감한다. 그리고 그렇게 나이 들고 싶은 소망과 바람으로 내 마음가짐을 우아하게 고쳐 보며, 오후 노을을 보고 있다.

📍 소리소문 제주시 한경면 저지동길 8-31 1층

아쿠아 플라넷

나는 일본 아쿠아리움을 좋아한다. 일본 아쿠아리움에서만 느낄 수 있는 디테일한 정서가 있기 때문이다. 감동과 낭만이 있다고나 할까.

제주 대정읍 집에서 1시간을 넘게 달려가야 마주할 수 있는 아쿠아리움이 있다. 아쿠아 플라넷이다. 이곳에 가서는 조금 놀랐다. 우선 너무 넓고 한적해서 놀랐고, 일본풍의 디테일함을 갖춘 아쿠아리움이란 점에 놀랐다.

물고기들, 펭귄, 상어, 돌고래, 해마, 거북이, 바다코끼리 등등이 산다. 마우이가 아니었다면 어른이 된 나는 아쿠아리움에 관심이 없었을 거다.

아이 덕분에, 이제 쉰이 넘은 어른이지만 아쿠아리움에서 운치 있는 커피를 마실 수 있게 되었다. 제주 아쿠아 플라넷의 대형 수족관 앞에서 마시는 Coffee는 영화관에서 영화를 보는 듯해서 여유 있다. 느낌이 참 좋은 아쿠아리움이다.

원래 나는 물고기 그림도 싫어한다. 갇혀서 지내는 생물을 보는 것 자체가 거북스럽다고 해야 하나? 하지만 마우이 덕분에 아쿠아리움을 좋아하게 되었다. 그곳에 앉아 있으면 마치 내가 대

자연의 작은 존재로 느껴져서 오히려 마음이 편해진다.

제주 아쿠아 플라넷은 바다가 보이는 주변 풍경을 갖고 있다. 한적하고 아름답고 깨끗하다.

혼자라는 외로움을 느낄 때 나는 아쿠아리움을 추천한다. 대자연 속 생물들은 묵묵히 하루를 수행하듯 운명을 뒤집지 않고, 거스르지 않고, 자기답게 열심히 헤엄치고 살아간다. 늘 그 자리에서 살고 있다. 우리 인간은 태어난 아기로서의 상태를 잊고, 진화하고 발전하다가 자신 안의 본질을 잊어버리기도 한다.

나이가 들면 문득 어렸을 때의 자아가 밀려와 당혹스럽기도 하다. 한없이 바라보노라면 물고기들이 나에게 말을 건넨다.

"괜찮아. 지금 그대로의 모습이 너야."

당신에게도 위로받을 수 있는 제주 아쿠아 플라넷을 추천한다.

📍 **아쿠아 플라넷 제주** 서귀포시 성산읍 섭지코지로 95

신라호텔 글램핑 디너

신라호텔 글램핑 디너는 날이 좋은 계절에는 일찍 예약해야 한다. 해지는 저녁노을과 한적한 공간 속의 글램핑 분위기가 자유롭고 편안하다. 가족과 의미 있는 식사를 하고 싶고, 조금은 특별한 시간을 원할 때, 지친 마음과 몸을 맛있는 음식과 대접받는 분위기로 위로받고 싶을 때, 글램핑 디너는 풍경이 맛있고 식사가 멋지다.

소박하지는 않지만, 글램핑이 주는 자유로움이 있다. 글램핑 뒤로 지는 해가 내게 말한다.

"살아가는 일이 고단하지만, 때때로 호사스럽게 위로받으며 가는 거야!"
"괜찮아."

삼성혈

벚꽃이 덮인 아름다운 고궁을 상상하며 찾은 삼성혈. 마당에 펼쳐진 벚꽃의 자태가 유난했다. 관광객이 많은 탓에 줄을 서서 기다려야 하고, 고즈넉한 산책은 포기해야 하는 아쉬움이 있다.

삼성혈

한 바퀴 돌면서 사진을 찍었는데, 사진 속 삼성혈의 분위기가 예사롭지 않다. 아름답다.

삼성혈에서 나와 대정읍 집 근처로 오니, 길가 벚꽃이 이리도 예뻤나 눈길이 간다.

오늘 삼성혈에서 본 벚꽃의 자태에 견주어 부족함이 없다. 사람도 없고, 바람이 부는 길가에 고즈넉하게 자기 할 일인 양, 무심한 듯 피어 있다. 오늘따라 대정의 길가에 서 있는 벚꽃이 아름답다.

삼성혈 벚꽃 덕분에 내 옆에 피어 있는 아름다움을 찾을 수 있는 날이었다.

📍 **삼성혈** 제주시 삼성로 22

어나더 페이지 책방과 봉 분식

대정읍에 있는 북카페 '어나더 페이지'는 내가 좋아하는 동네 책방이다. 블루로 이미지를 내고, 책방 안 책장들은 나무들로 잘 짜여 있다. 책방의 주인장은 이 분위기와 잘 어울리는 여자분이다.

아버님이 목공을 하시는 분이라 책장을 직접 짜주셨다고 한다. 딸이 하고 싶은 일에 부모님이 조력자가 되어 아름답게 만든 공간이라서인지, 유난히 따뜻한 분위기가 있다. 그래서 『헤르만 헤세처럼 그려라』 몇 권을 기증했다.

주인장은 환경을 위한 좋은 일을 하고 계셨다. 코끼리 똥으로 만든 작은 수첩도 있다. 의식 있고, 꿈과 낭만이 있는 책방이다. 한편에 차를 마실 수 있는 공간도 있다. 나는 가끔 어나더 페이지에서 색이 예쁜 책들을 골라온다. 요것조것 소소한 것들도 함

어나더 페이지 책방

께 산다.

예쁘장한 책을 사고 바로 옆 '봉 분식'에서 쫄면, 떡볶이, 튀김을 먹는다. 그야말로 꿀맛이다. '어나더 페이지'와 '봉 분식'에서 가까운 이들과 소소한 이야기를 나누면 소곤소곤 행복한 시간이 된다.

슬리퍼를 끌고 가서 책을 고르고, 쫄면을 먹는다는 건 참으로 행복한 일상이다.

📍 어나더 페이지 서귀포시 대정읍 동일하모로 220번길 19

제주도 내려와서 처음 찾아간 책방

제주도에 내려온 후, 자연이 아름답고 여유로우며 내 육신이 절로 편안해지는 것 같아 감탄이 나온다. 집으로부터 떠나온 기분 탓일까? 제주도의 하늘과 바람 그리고 바다, 나무들이 안식을 주고 있다. 내 마음의 안식은 작은 책방에서도 얻는다.

'주제넘은 서점.' 독특한 이름에 관심이 가서 제일 먼저 달려가 본 책방이다. 대정읍에서 35분 정도 걸리는 거리에 있다. 도로를 지나 산으로 고개를 넘어서 간다. 고개를 넘으니 마을이 나왔고, 초등학교의 레인보우 색 담을 지나니 책방이 있는 마을이 나왔다.

제주도 마을이 고즈넉하게 펼쳐지는 평야 같은 느낌이었다. 큰 건물 없이 예쁜 마을, 산과 하늘을 향해 열려 있는 마을. 아름답고, 고즈넉하게 운치 있는 집 한 채가 있었다. 여기가 바로 '주제넘은 서점'이었다.

주인장이 직접 지은 집 입구에 자그맣게 서점을 열어 놓았다. 책들이 멋스럽게 전시되어 있고, 화방 도구들도 있어서 놀랐다. 좁지만, 커다란 작업대 책상이 참 잘 어울리는 공간이었다. 평생 교육산업을 하신 주인장은 "자신의 꿈인 책방을 열며 스스로 겸손하게 표현하기 위해" 주제넘은 책방이라고 이름을 지었다고 하셨다.

들어가 보니 1층 거실도 오픈되어 있었다. 책을 읽는 풍경이 자연스러운 '주제넘은 서점.' 책방에 들어서면 "제주도 책방에 내가 있구나!"를 느끼게 하는 공간이다.

책방 주인장과의 대화에서도 책을 사랑해서 낸 책방임이 느껴졌고, 좋아하는 책을 소장하다 자연스럽게 책방 주인까지 하게 되었음을 이야기해 주시는 모습이 단아했다.

주제넘은 서점

문득 어렸을 때 생각이 떠올랐다. 중학교 시절 만화책방을 하는 친구가 있었는데, 나는 아침에 그 집에 방문해 친구와 함께 학교에 가곤 했다. 항상 부러웠다. 하지만 그 친구는 만화책방을 하는 것을 부끄러워했다.

꿈과 낭만이 가득한 만화책방 주인이 되는 게 그 시절 나의 꿈이었는데…. 주제넘은 서점에서는 어렸을 때 만화방 주인을 꿈꾸었던 나와 마주하는 시간을 가질 수 있었다.

서점 맞은편에는 고즈넉한 전통찻집이 하나 있다. 나는 마우이와 전통찻집에 들러서 우롱차를 마셨다. 차 맛이 좋고, 깊이가 있는 그런 찻집이다.

차를 마시는데 장대 같은 비가 갑자기 쏟아졌다. 아직 제주도 날씨에 익숙지 않은 나와 마우이는 후루룩 차를 마시고 빗속을 달려 집으로 왔다. 그리곤 한참을 더 주제넘은 서점 이야기를 하며 저녁 시간을 보냈다. 하늘은 높고, 비는 신선하고, 바람도 늘 함께하는 제주도다.

📍 **주제넘은 서점** 제주시 애월읍 하가로 172

소심한 책방

대정읍 집에서 1시간 40분을 달려가면 종다리 마을이 나온다. '소심한 책방'은 종다리 마을에 있다.

유난히 아름다운 가는 길의 풍경에 빠져 깊은 골짜기 속을 지나니 넓은 마을이 나왔다. 제주도 돌담이 빼곡한 마을, 그중 제주도 전통 돌집을 개조한 한 채가 '소심한 책방'이었다.

서쪽과 다른 분위기인 종다리 마을. 아이와 나는 양팔을 벌리고 넓은 하늘을 향해 이야기하고, 웃고, 달렸다. 마우이에게 어린 날이 이렇게 추억된다는 건 행운이라는 생각이 들었다.

이제 나이 든 탓인지 너무 좋으면 눈물이 나려고 한다. 날이 좋아서 우는 건 뭐고, 남의 집 결혼식에서도 눈물이 나는 건 뭔지.

나이가 든다는 건 느닷없는 감
정이 밀려온다는 것이다. 참 곤
란하다.

소심한 책방의 책들은 대형서
점에서는 볼 수 없는 독립출
판 책들이 많았다. 주제나 제목
이 특이해서 나는 독립출판 책
중 떡볶이, 문구… 뭐, 이런 책
들을 집어 왔다. 마우이와 나는
문구류를 참 좋아한다. 엽서,
메모장, 수첩, 브로치 등등.

소심한 책방을 가는 길은 환상
적으로 아름답다. 가늘 길이 멀
게 느껴지지 않는다.

소심한 책방

풍경이 아름다운 종다리 마을 속 '소심한 책방.' 거실 오픈 바구
니 안에 책방에서 사 온 엽서와 메모지, 수첩들을 한가득 넣고
보니 행복하다. 아름다운 일상이다. 감사하다.

📍 **소심한 책방** 제주시 구좌읍 종달동길 36-10

수애기 베이커리

제주도 바닷가 노을

노을이 예쁜 바닷가에 있는 베이커리 카페 수애기. '수애기'라는 말이 특이해서 주인장에게 물어보니, '돌고래'라는 뜻이라고 한다.

바다가 보이는 돌고래 카페. 바이럴베이 꼭대기에서 돌고래를 보며 커피를 마시던 그날이 떠오른다. 왠지 이곳과 분위기가 비슷했다.

이곳의 소금빵 맛이 일품이다. 풍경 맛집, 바다가 참 잘 보이는 곳. '내가 지금 제주도에 있구나!'를 느끼게 해주는 카페다.

오후에 조각케이크와 소금빵을 사러 갔다. 마우이는 밖에 있는 유기견과 놀았다. 떨어지는 노을을 보며 그네를 타고 저녁 바다를 보았다.

한적한 저녁 바다는 잔잔하지만 바람이 불고, 어디로 가는지 거친 방향으로 노 젓듯이 간다. 걸어가는 듯이 보이는 바다가 내 눈앞에 보이는 수애기 베이커리 café다. 위층은 하늘이 보이는 옥상. 그늘막과 하늘이 근사하게 어우러진다.

가족과 함께 노을이 지는 오후 바다를 보며 집으로 왔다.

📍 **수애기 베이커리** 서귀포시 대정읍 동일하모로 98번길

모모공방과 애월후식

'모모공방'에는 제주도를 닮은 신기한 것들이 많다. 작은 브로치도 있고, 패브릭 가방도 있고, 모자도 있다. 모모공방은 부부가 운영한다. 부인은 공방을 하고, 남편은 큐브 선생님이다.

아이 학교에서 큐브 대회가 열렸을 때, 아름다운 모모공방에서 가르쳐준다고 해서 1년 정도 큐브를 배우러 갔다.

일요일 아침이 되면 아이는 모모공방에서 큐브 수업을 하고, 나는 납읍리 보건소 앞에 있는 애월후식에서 Coffee를 마신다. 강

아지가 참 예쁜 애월후식, 이곳도 부부가 경영하는 제주를 닮은 곳이다.

차 맛도 좋고, 팬케이크는 아침 식사로 훌륭하다. 1년 내내 혼자서 이곳에서 차를 마시며 책도 읽고 글도 썼다. 나의 좋은 아지트였다. 일요일 아침은 애월후식 덕분에 늘 낭만적이었다.

봄, 애월후식 앞에 놓인 벤치에 앉아 있으면 교토의 어느 마을에 앉아 있는 것 같은 느낌이 든다. 애월후식은 교토의 낭만과 문화적인 이미지가 있는 곳이다.

게다가 예쁜 강아지가 있어 금상첨화이다.

📍 **모모공방** 제주시 애월읍 납읍로 2길 34

'묘한식당'과 '맛있는 폴부엌'

오설록 라운어바웃 거리에서 저지리 쪽으로 가는 곳에 있는 '묘한식당'과 '맛있는 폴부엌'은 돼지고기 요리를 참 잘하는 곳이다.

'묘한식당.' 이름이 독특하다. 돈까스는 명품 맛이다. 제주도 돼

200

묘한식당

지의 육즙이 그대로 살아 있다.

토마토스파게티도 정말 맛있다. 음식들이 골고루 맛있고, 정갈하다. 동네에서 돈까스를 먹고 싶을 때 달려가서 먹는 곳인데, 요즘 유명세 탓인지 사람들이 많다. 아이와 나는 늘 만족하며 묘한 식당을 나온다.

'맛있는 풀부엌'은 쉐프가 내오는 식사처럼 음식이 나온다. 돼지고기 퓨전 요리가 매우 맛있다. 소박한 정원을 끼고 있는데, 예약해야 하는 불편함이 있고, 매일 열지는 않는다.

이런 식당들은 제주도를 닮은 음식들이 가득한 곳이다. 여행지가 아닌, 일상생활의 제주도에서 조금 특별한 식사를 하고 싶을 때 나는 여기를 간다.

근처 동네 맛집으로 생각했는데, 요즘 들어 자동차며 관광객들이 몹시 붐빈다. 그럴 만하다. 마음과 배가 든든해지는 그런 맛집이니까. 근처에 '생각하는 정원'도 있어서, 배불리 먹고 걸어도 좋은 도로이다.

배불리 먹고 나오는 길가, 나무와 구름이 아름답게 바로 서 있는 길목이 정겹다.

📍 **묘한식당** 제주시 한경면 녹차분재로 601

대정읍 소소희 베이커리 cafe

이름이 이렇게 예쁠 수가! 소곤소곤 속삭이는 친구 사이처럼 예쁘다. 외관도 너무 예쁘장하다. 안도 예쁘다. 들어서면 벌써 버터 향이 그윽하다. 이즈니 버터, 좋은 버터 쓰는 동네 빵집이다. 이곳이 '소소희 베이커리'다.

여기는 주인장의 소신이 묻어나는 건강한 빵을 파는 곳이다. 대정읍의 특성상 거주하는 외국인이 많은데, 유럽이나 미국의 주식은 빵이다 보니 항상 줄이 길다. 소소희 숍은 일주일 중 목, 금, 토밖에 열지 않기 때문에 더욱 그렇다.

나는 소소희에서 버터 냄새를 맡으며 가끔 글을 쓴다. 주방에 친구가 있는 것처럼 좋다. 밀크티와 치즈케이크를 놓고, 소소희에서 쓰는 글은 행복하다.

익숙한 빵 냄새가 나는 것도 좋다. 누군가가 나에게 제주도 하늘이 훤히 보이는 공부방을 준 것 같다.

햇살이 가득하고, 엄마 품처럼 푸근한 냄새가 난다. 공부 잘되는 공부방 느낌이라고 할까? 어려서 할머니 집 앞에 있었던 '밀알 책방'을 닮은 소소희.

우리는 살아가면서 자기 집만을 자기 공간으로 생각한다. 나는 그것에 적극적으로 반대한다.

집이 만들 수 없는 아름다운 공간을 만들어 주는 café들이 참 많다. 그런 곳에서 차를 마시면서 혼자만의 시간을 즐기는 것을 포기하지 말아야 한다. 여러분도 자신만의 아지트를 찾는 일을 포기하지 않길 바란다. 자기 집만이 아지트라면 너무 지루하다.

제주도 집 근처에 있는 '소소희.' 이곳의 밀크티 맛이 나는 좋다. 아지트는 마음을 다독이는 첫 발걸음이다. 버터향 그윽한 곳 '소소희.' 이곳에 있는 나의 시간은 행운이다. 감사하다.

📍 **소소희** 서귀포시 대정읍 영어도시로 27-2 1층

모슬포항 항구식당

갈치가 먹고 싶을 때 나는 항구식당으로 달려간다. 아이는 갈치구이를 먹고, 나는 갈치조림을 먹는다. 맛과 가격 모두 너무 좋다.

예전에 제주도를 여행으로 왔을 때는 유명하다는 갈치 식당에서 비싸게 주고 먹었다. 제주도민으로 와 보니, 동네 사람들이 가는 제대로인 곳을 알게 되었다. 모슬포항의 항구식당이 그런 곳이다. 갈치조림에 노란쥐눈이콩이 들어가서 구수한 맛을 낸다. 갈치는 맛이 담백하다 못해 달달하다. 어린 날 추억이 살아나는 그런 맛이다.

나는 나이가 50이 넘었으며, 80년대에 대학을 다니고, 60년대생인 '586세대'이다. 우리 어린 시절에는 갈치가 싸고, 흔한 생선이었다. 엄마가 늘 갈치구이를 해주셨다.

모슬포항 안에 있는 항구식당은 왠지 엄마 느낌이 나서 참 정감이 간다. 갈치조림을 먹고 나면 든든하고 위로를 받는 기분이 든다. 제주도 식당들은 비행기를 타고 와서 먹는 곳이라 그런지, 다들 행복한 얼굴이다. 그래서 나도 덩달아 신나게 밥을 먹을 수 있다.

갈치조림을 먹고 나면 조금 비릿한 맛이 입에 남아, 뜨거운 차 한잔이 절실하다. 그러면 꼭 항구식당에서 5분 거리에 있는 수애기 베이커리 café에서 커피를 마신다. 금방 먹은 갈치조림 맛을 그대로 살려 주면서, 입 속이 깔끔해진다. 행복도 그런 맛일 거다.

📍 항구식당 서귀포시 대정읍 하모항구로 64

저지리 미온당

뜨겁게 매운 것을 먹고 싶을 때, 신선한 한치와 주꾸미를 먹고 싶을 때, '미온당'만한 곳을 찾지 못했다. 주꾸미, 한치볶음은 제주도를 닮은 싱싱한 맛이다. 주꾸미와 한치를 깻잎에 올려 먹는 맛이 일품이고, 호호 부는 그 시간조차 맛있다.

땀을 내면서 먹는 불맛 주꾸미와 한치. 마지막에 볶아주는 밥도 비주얼이 예술이다. 미온당의 불 쇼도 일품이고, 들어오는 건물 외벽에 있는 그림과 동백나무도 멋지다. 제주도의 맛이 살아 있는 곳, 먹는 내내 창밖으로 보이는 초등학교는 어린 날의 추억을 소환시켜 준다.

저지리 예술인마을에 들어가기 전에 있는 미온당은 동네 사람들만 아는 그런 맛집이다. 저지리 쪽 전시장을 본 후, 이곳에서 먹을 수 있다면 행운이다.

제주도에 온 뒤 내 단골식당 중 하나가 되었다.

📍 **미온당** 제주시 한경면 중산간서로 3594

금자매식당

금자매식당. 이름이 정겹다. 엄마와 딸이 하는 식당이다. 엄마가 해주는 손맛처럼 그렇게 따뜻하고, 정갈하고, 맛깔스러운 밥집이다. 네 테이블 정도의 아주 작은 장소에서, 지금은 조금 큰 식당이 되었다. 맛은 여전하다. 유일한 아쉬움은 간장 베이스로 만든 돼지고기 메뉴가 없어졌다는 점이다.

금자매식당은 제주도 하늘을 보며 여유롭게 밥을 먹을 수 있는 곳이다. 제주도에 따스한 밥 한 끼 먹이고 싶은 친구가 오면 꼭 금자매식당에 데리고 간다. 정갈한 엄마 손맛이 그리울 때, 집밥이 먹고 싶을 때 찾는 곳, 손맛 좋은 정성스러운 밥상이 나오는 곳이다.

허기지고 마음이 지쳐 있을 때, 빡빡한 삶을 느낄 때, 지친 그런 날에 한 끼 식사를 보약처럼 느낄 수 있는 밥상이 차려지는 곳이 그리울 때, 갓 지은 고슬고슬한 밥맛이 그리울 때, 제주도에서 생활하면서 지친 날이면 엄마 밥을 먹으러 가는 기분으로 금자매식당에 간다. 구수하고 진하게 끓여 주는 보리차도 일품이다.

어려서 할머니 집에 가면 손수 기름 바른 김에 된장찌개, 굴비

한 마리 구워서 주는 밥상의 기억은 지금까지도 나를 지탱해 주는 어린 날의 추억이다. 엄마가, 할머니가 손수 지어주는 밥상을 받아본 지 너무 오래되었지만, 금자매식당에서 밥을 먹을 때마다 정답고, 예스럽고, 맛있다.

이 글을 쓰고 있을 때, 마우이 친구 수민 맘의 전화가 왔다. 책이 언제 나오냐며…. 우리 그 책 보고 제주도 코스 잡고 싶다며….

생각해 보니 제주도는 돌아다니며 풍경을 보고 감탄하고, 때 되면 맛있는 곳에서 밥 먹고, 차 마시며 "좋다, 좋아!"를 이야기하는 그런 여행지이다. 힐링이 뭐 별 거일까. 제주도 밥맛이 제대로인 곳에 가면 된다.

📍 금자매식당 제주시 한경면 용고로 154

제주도 닮은 순천미향과 카페 휴일로

산방산 맞은편 바다를 보며 제주도의 맛을 느낄 수 있는 곳이 있다. 제주도를 닮은 식당 '순천미향'이다.

제주도라는 여행지에 와 있다는 느낌을 잃어버릴 때 이곳을 찾

카페 휴일로

는다. 순천미향의 메뉴인 제주삼합은 제주의 맛을 고스란히 품고 있다. 문어, 전복, 제주 돼지까지 맛있게 철판 위에 올려진 그 맛은 정말 제주답다.

점심시간에 와서 '제주삼합'을 시키면, "아, 맞다! 내가 있는 곳이 여행지구나!"를 느낄 수 있다. 식사를 마치고, 산방산 절의 중턱에 오르면 사람들의 기원이 참 다양한 것을 느낄 수 있다. 염원, 기원은 사람을 살려내기도 하니까.

나는 성당에서 기도하지만, 많은 이들의 염원은 산방산 아래 댓돌 위에 순수하게 새겨져 있다. 산방산을 내려와서 차를 갖고 조금 더 바다를 보고 달려가면 카페 '휴일로'가 나온다. 제주도의 푸른 하늘이 한눈에 펼쳐져서 장관을 볼 수 있는 곳이며, 푸르르고 깊은 제주도 바다를 느낄 수 있는 카페이다.

날이 좋은 날 야외 테이블에서 햇살을 받으며 바다를 보며 마시는 Coffee는 한가롭다. 순천미향의 제주삼합의 맛과 휴일로 Coffee의 조합은 서쪽 제주도를 느끼기에 충분한 맛이고 낭만이다.

아름다운 풍경에 내가 머문 시간은, 내 삶을 아름답게 살도록 도와주는 장치이다. 여행지가 주는 힘이다.

📍 **순천미향** 서귀포시 안덕면 사계남로 216번길 24-73

제주도 이중섭미술관과 유동커피

사람들은 이유가 생기면 줄을 선다. 삼성가 이건희 컬렉션 기증 작품들 덕분에 온라인 사전 예약을 해야 이중섭 미술관에 들어갈 수 있게 됐다. 새롭게 조명된 이중섭 아티스트의 작품. 작품 수는 생각보다 많지 않지만, 이중섭의 생애를 다시금 알 수 있는 기회가 되었다.

이중섭의 제주도 집은 누군가가 빌려준 방 한 칸이었다. 가족들이 함께 산 흔적을 그대로 드러내서 관광객의 발길을 끌고 있다. 전시 중에 가면 이중섭의 생애를 매우 자세히 이야기해 주는 코너가 있다.

화가 이중섭은 너무 가난한 시절에 제주도에 있었는데, 그 시절 바닷가에서 '게'를 많이 잡아서 먹었다고 한다. 그래서 이중섭 화가는 게에게 미안했고, 게 그림을 그렸다고 한다.

정말 예술가가 지닌 감수성의 깊이가 느껴지는 일화이다. 어렵게 생을 마감한 이중섭 화가의 그림에는 그림에 대한 사랑과 갈망이 그대로 배어 있다. 어쩔 수 없는 상황에서도 그림을 놓지 않고 그린 시간이었으리라.

이처럼 이중섭미술관은 그림을 감상할 수 있을 뿐 아니라 그의 생을 들여다볼 수도 있다. 처절했지만 아름다운 감수성을 끝까지 지닌 예술가의 삶이란? 우리는 어쩌면 삶이 행복하기만을 고대하기 때문에 대부분의 시간이 불행한지도 모르겠다. 삶은 희로애락이 섞여서 혼자만의 길을 묵묵하게 가는 것이니까.

이중섭의 그림 소재인 '소'는 중학교 때부터 그렸다고 한다. 오산학교에 다니던 시절, 프랑스 유학파 부부가 그의 미술 선생님이었다. 스승은 어린 이중섭에게 가장 가까이에 있는 것을 관찰하고 관찰하여 모래알보다도 더 많이 그려보라고 조언했다. 그 후 이중섭은 당시 주변에 많았던 '소'를 그리기 시작했다.

이중섭 생가

이중섭

오산학교를 졸업하고 일본으로 유학한 후, 이중섭은 그 시절 누구나처럼 나라를 사랑하는 마음을 가슴에 품고 젊은 날을 보냈다. 이중섭의 어린 시절은 풍요로웠지만, 유학 시절은 일제 강점기였다.

일본에서 사랑하게 된 여인과 결혼하였고, 여러 사정으로 부인과 아이들을 두고 한국에 돌아와야 했다. 이중섭은 가족을 사랑하고 그 안에 자신의 정체성을 가졌지만, 끝내는 혼자 한국에서 많은 시간을 외롭게 버텨야 했다.

한국 민족사의 여러 아픈 시대를 겪으면서도 결코 그림을 놓지 않았던 비운의 화가. 그래서 이중섭은 고흐와 비교된다. 다르지만, 끝까지 그림을 사랑한 그들의 삶은 묘하게 닮았다.

다른 미술관과 다르게 나는 이중섭미술관에서 한 화가의 생애 연대기를 꼼꼼하게 읽어보았다. 위층에 있는 생애 연대기를 읽고, 아래층으로 내려와서 그림을 보고 생가를 방문하면, 그림을 보는 마음이 역동적으로 움직인다. 그저 미술관에서 느껴지는 감동이 아닌, 다른 액티비티가 느껴지는 전시 관람이 된다.

혹시 가는 날 비라도 온다면 그 또한 좋다. 이중섭 생가 앞 툇마루에 앉아서 제주도 하늘 풍경을 보고, 조금 앉아 있어 보라고 권유하고 싶다.

잠시 작가의 마음이 되어보자. 평생 애틋함과 아련함, 감수성 가득한 아름다운 마음을 지닌 작가의 작품을 조금 더 길게 곱씹어 보자.

이중섭 거리를 나와 길 맞은편에 있는 '유동커피'로 걸어가 보자. 커피 맛이 일품이다. 주인장의 장인정신이 가득한 그런 곳이다. 체 게바라 모자를 쓴 주인장의 자화상도 인상적이다. Coffee를 마시며 함께 미술관에 간 가까운 사람들과 이중섭 화가에 대해 이야기를 나눈다면, 고달팠던 생애는 위로가 되고, 눈에 보이지 않는 기운은 우리에게 위로의 메시지를 줄 것이다.

이중섭미술관에서는 '나의 생애'에 대해 생각하는 시간을 갖게 된다.

제주도, 그리고 이중섭 화가, 게……. 여운이 남는 전시 관람 이후의 마음을 유동커피에서 풀어보자. 삶이 낭만으로 바뀌었다. 유동커피는 제주도에서도 일품의 커피 맛을 내는 커피 맛집이다. 이중섭미술관과 묘하게 어울리는 곳이다. 그래서일까. 처음 제주도에 왔을 때, 나는 거의 매주 유동커피에 가곤 했다.

📍 **이중섭미술관** 서귀포시 이중섭로 27-3

섭지코지 유민미술관

> 어두운 복도를 걸어가서 어두운 계단을 올라 문손잡이를 돌려 본 사람이 발견할 '생각지도 못한 조망'과 '생각지도 못한 출구'

일본 보리스 건축물을 묘사한 이 글처럼, 제주도 여행길에서 어두운 계단을 올라 문손잡이를 돌려 열어보면 그곳에 활짝 피어나 있는 조망, 그것을 느껴 본다. 제주 섭지코지 '유민미술관'이 그런 곳이다.

내가 갔을 때, 유민미술관은 1890년대부터 1910년대까지 약 20년간 유럽에서 대유행한 아르누보의 유리공예 작품을 전시하고 있었다. 전시장을 여러 방으로 나누어 전시 중이었는데, 그중 Inspiration을 불러일으키는 '영감의 방'에 나는 마음을 빼앗겼다.

이 방에 앉아 있으면서 나는 내 안의 정서를 온전히 느낄 수 있었다. 그렇게 쉴 수 있음에 감사한 공간이었다.

나는 시간이 날 때마다 1시간 30분을 달려 유민미술관을 갔다. 티맵에 '휘닉스 제주'를 치면 '제주 서귀포시 성산읍 섭지코지로 107' 주소가 나온다. 휘닉스 콘도에 도착해 정문 근처에 차를 주차하고 로비로 들어간 다음 유민미술관에 왔다고 하면 바로 미니버스를 준비해 준다. 날이 좋은 날은 걸어서 올라가도 아름답다.

올라가는 길은 제주다운 풍경이 한가득 차 있다. 하늘이 머리 위에 가깝게 떠 있고, 성산일출봉이 보이는 바다가 펼쳐져 있다. 탁 트인 넓은 그곳에서 안도타다오의 작품인 건축물도 볼 수 있다.

나는 안도타다오의 건축물을 좋아한다. 누구에게 배우지 않은 그 순순한 매력과 한 길로 걸어온 자기만의 멋을 지닌 그 건축

유민미술관

물을 사랑한다. 본태박물관과는 다른 느낌을 준다.

유민미술관의 건축물은 자유롭고, 아름답고, 왠지 슬프기까지
한 내적인 힘이 느껴진다. 유민미술관으로 들어가는 풍경마저
제주를 담고 있다. 너무나 아름답고 자유롭다. 그리고 회화적이
다. 본격적으로 미술관 건물 안으로 들어가면, 가장 먼저 낯섦
이 다가온다. 마치 감옥 안으로 쑥 들어가는 기분이 든다.

깊은 문을 열어 높다랗게 쳐진 돌담 안으로 들어가기 때문일 것
이다. 미술관 안으로 들어가 신발을 벗는 과정에서 나는 묘한
감정을 느낀다. 본태박물관에서도 유민미술관에서도 신발을
벗는 것은 같은데, 이 엄숙함은 무얼까? 들어가는 입구부터 느
껴오는 이 깊이감은 무얼까?

내가 방문할 당시 전시 주제는 '유리공예'였다. 특별히 전시 자
체에 대한 기대는 크지 않았다. 유리공예에 대한 조예가 깊지
않기도 했고, 평소 유리에 대해 깊게 느껴 본 적도 없었기 때문
이다. 전시장은 다소 어둡고, 높다. 그 사이로 자연채광이 멋스
럽게 들어온다.

전시장 안의 분위기 탓인지 유리공예에 대한 나의 기대가 워낙
낮았던 탓이었는지, 나는 전시 자체에 깊은 감동과 충격을 받았
다. 유리가 이렇게 아름다운 색을 낼 수 있다니 놀라웠다. 그렇

게 '아르누보(ART NOUVEAU)'에 대해서 알게 되었다.

아르누보란 예술이 박물관에만 있던 형태를 벗어나 모든 사람이 사용하는 생활용품에 스며들어야 한다는 운동에서 비롯된 장식 양식이다. 이렇게 아름다운 색을 담고 있는 그릇과 스텐드를 가지고 생활한다면 삶이 좀 더 아름다워질 수 있음을 확신했다.

나는 '영감의 방'이 좋다. "엄마 뱃속의 느낌이 이렇지 않을까?" 할 정도로 이유 없이 편안하고 눈물이 날 정도로 위로가 된다. 누군가가 나를 위로하는 것 같은 그런 기운이 이 '영감의 방'에 가득 차 있다. 제주도에서 느낄 수 있는 최고의 위로다.

그래서 나는 이곳에 자주 달려온다. 1시간 30분은 긴 시간이지만, 그곳이 나를 위로하고, 나답게 잘 서 있을 수 있도록 도와주기 때문이다. 그리고 소중한 지인이 오면 나는 이곳에 꼭 데리고 간다.

유민미술관을 나오면 섭지코지의 아름다운 성산일출봉이 보이는 쪽으로 발걸음을 옮긴다. 매섭게, 그리고 시원하게 불어오는 바람을 맞으며 바다를 하염없이 보고 걷는다. 민 레스토랑 1층에 있는 CAFÉ에서 흙돼지버거를 먹으며 탁 트인 제주 바다의 아름다움을 느껴 본다. 즐겁게 버거를 먹다 보면 내 삶은 든든해진다.

새벽 성당에 들어서면 나는 저절로 기도하게 된다. 미사포를 쓰고, 새벽 성당에서 기도하며 나 자신을 마주한다. 공간은 그런 힘이 있다. 제주 섭지코지 유민미술관은 내게 성당과 같은 이미지이다. 공간의 힘이다.

그 공간에서 나는 위로 받고 기도한다. 좋은 기운이 있는 이 유민미술관에서 많은 이들이 자신과 마주하며 자신을 보듬는 시간을 가져 보길 기도한다.

📍 **유민 미술관** 서귀포시 성산읍 섭지코지로 107

대정읍 동네 카페 벨진밧

아이가 학교에 간 사이, 나는 나만의 제주 적응기를 즐긴다. 대단한 환경에서 자유를 느끼고 감동하는 건 아니다. 물론 대자연 앞에서 저절로 감탄사가 나오기도 하지만, 그게 전부는 아니다.

동네에 있는 '나나김밥'의 멸추(멸치, 고추) 김밥을 포장하러 가던 길이었다. 맞은편 골목이 시끄러워 확인해보니 '벨진밧 카페'가 공사를 하고 있었다. 집만 많은, 종다리 마을도 아닌 이런 곳에 카페라니? 이런 생각을 했는데, 오픈 후 가보고 너무 놀랐다.

어머나, 대정의 하늘이 이렇게 정취가 있었구나! 바다도, 대단한 산도, 무엇도 아닌 하늘의 풍경에, 나무들의 풍경에 이렇게 감탄사가 나올 수 있구나!

주인장의 인테리어 안목에 놀랐고, 달달한 벨진밧 시그니처 벨라떼 맛에 달콤해졌다. 그네를 콘셉트로 하는 풍경은 아이들의 흥미를 자극하였고, 야외 테이블은 제주도 앞마당 같은 여유로운 시간을 만들어주었다.

벨진밧에서 하늘을 올려다보고 있으면, "대정이 참 좋은 마을이구나!"를 느끼게 된다. 제주도 하늘은 나무, 그리고 돌담과 너무나 아름답게 어우러진다. 이제 오전 9시가 되면 벨진밧에 있는 날이 많아질 것 같다. 오전 9시의 음악 선곡은 다이내믹하다. 혼자 글쓰기도 좋고, 책 읽기도 좋다.

통창 앞 그네에서 Coffee를 마시며 하늘을 바라보면, 나도 모르게 입꼬리가 올라간다. 벨진밧은 슬리퍼를 끌고 오기에 너무 좋은 사색의 공간이다.

오늘은 햇살이 유난히 좋다. 5월 5일 어린이날이어서인지 아침부터 꼬마 손님들이 많다. 나는 뜨거운 Coffee 두 잔과 스콘을 시켜서 혼자 노트북을 끼고 행복하게 글을 쓴다. 인간의 삶은 시간의 연속으로 이루어져 있다.

지금, 이 순간이 중요해. 그렇다. 중요하다. 그렇지만 '지금, 이 순간'은 미래로 이어져 있다는 사실을 잊어서는 안 된다.

지금이 좋아야 한다. 그래야 또 좋다. 그래서 나는 매일 꿈꿀 수 있는 장소를 좋아한다. 벨진밧은 혼자만의 꿈을 꾸기에 너무 좋은 장소다.

대정의 아름다운 하늘을 만끽할 수 있는 제주스러운 벨진밧. 뜨거운 커피와 귤 잼이 발라진 스콘에 버터를 발라서 먹는 아침은 살맛 나는 시간이다. 나는 발길 닿는 그곳에서 좋은 생각, 감사함을 느낀다. 명상하며 혼자만의 시간을 배우기도 한다.

제주도의 하늘, 바람, 그리고 나무가 있는 감사한 장소이다.

📍 **벨진밧** 서귀포시 대정읍 안성리 2014-3

겨울 제주 JJF농원

1년 동안 농원에서 꽃을 샀다. 아이가 2학년이 되면서 학교 PAB를 맡게 되어 할로윈 때는 꽃바구니 만들기 부스를 진행했다. 아름다운 꽃향기가 교실에 가득 차고, 아이들은 생화를 꽂으며 행복해했다.

식물과 꽃은 삶에 에너지를 준다. 아름다운 색이 가득하다. 나는 그 느낌을 잊지 않고 겨울 행사 아이디어로 당당히 겨울 리스 만들기를 제안했다.

JJF(제이제이에프)농원에 가면 나이 지긋한 부부가 나란히 맞이해 주신다. 꽃바구니를 준비해 준 이후로 부쩍 친해져서, 아이디어를 많이 내주고 도움을 주시려고 한다. 농원에서 직접 시연을 한 후 수량을 예측해서 생화를 주문한다.

식물은 늘 그렇다. 사람에게 좋은 기운을 준다. 아름다운 리스를 만들며 나는 신이 나서 꿈꾼다. 마우이의 친구들, 그리고 학교 아이들이 모두 꿈과 희망에 가득 차길 기도한다. 넘치는 상상력과 겨울다운 붉은색, 항상 아름다운 일상이 될 수 있도록 도와주는 꽃과 식물.

오늘 리스를 만들고 종알종알 이야기를 나누며, 아름다운 식물

을 꽂고 리본을 만들며 콧노래가 나는 겨울을 미리 만끽해 보
았다.

📍 제이제이에프(JJF) 제주시 한림읍 월각로 222-2

'환이네 식당'과 '원앤온리 CAFE'

'환이네 식당'은 마치 동네 집을 똑똑
두드리고 들어가면 식사를 대접 받는
그런 분위기이다. 제주도 옛집에, 오
래된 자개장도 있고, 불빛마저도 오
랜 세월을 느끼게 해주는 그런 분위
기가 있다.

제주도 전통 집을 개조해서 만든 분
위기가 제주도스러우면서도 퓨전을
가미한 분위기가 괜찮다. 제주도에서
오랜 세월 물질을 해온 분이 내주는
것 같은, 그런 훈훈한 분위기랄까….

환이네 식당

환이네 이태리 식당에서 프러플 감자

뇨끼의 맛은 특별하지는 않아도 한 번쯤 먹어보면 이야깃거리가 풍성해지는 그런 맛이다. 스파게티와 뇨끼, 그리고 에피타이저 빵맛이 일품이다. 나는 처음 간 날 에피타이저 빵을 사와서 일주일간 맛있게 먹었다.

낮에 가면 북적이는 분위기 속에서 간단히 파스타를 먹으며 수다 타임으로 좋고, 저녁 예약이라면 스테이크가 맛있다. 고기 맛이 좋고 친절하다.

즐겁게 식사를 하고 나와서 바닷가를 끼고 달리는 해변 도로에 있는 원앤온리 CAFÉ에서 커피와 조금 더 달달한 게 당긴다면 산방산을 닮은 케이크를 함께 먹으면 피곤함이 달아난다. 시원하게 펼쳐진 바다를 보며 마시는 커피라니…

좋은 장소를 추천 받고 가더라도 자신만의 품평을 해보자. 이런저런 소소한 얘기들을 나누며 함께 느끼고 행복하다면, 이것이야말로 여행의 꿀맛 아니겠는가.

나는 이제 운동화를 신고 주민으로서 왔다 갔다 한다. 그래도 소소한 품평을 늘 즐긴다.

📍 **환이네 이태리 식당** 서귀포시 안덕면 사계중앙로 18번길 5

'소규모식탁'과 '풀베개 café'

'소규모식탁'은 마을 한가운데에 잘 만들어놓은 아름다운 곳이다. 식사를 하는 내내 제주도의 하늘을 마음껏 볼 수 있고, 마치 아름다운 풍경의 정원에서 식사하는 것 같은 그런 맛이 난다.

'소규모식탁'은 맛있고 예쁜 곳이다. 기역자로 창을 낸 소규모식탁 뷰는 낭만이 가득하다. 나무가 흔들리는 모습을 볼 수 있고, 하늘이 파랗고, 하얀 구름은 계속 움직인다.

식사가 참 아기자기하고 예쁘다. 고사리에 매콤하게 버무려 나오는 돼지고기 맛도 일품이다. 그래서일까, 연인들이 많이 온다. 연인들에게 잘 어울리는 그런 멋이 있다.

식사를 하고 나와서 만나는 화원도 참 예쁘다. 나는 그 예쁜 화원에서 야외 식물을 하

소규모식탁

풀베개 카페

나 사와서 지금 6개월 넘게 잘 기르고 있다.

그곳에서 5분 거리인 '풀베개 café'는 이미 사람들에게 많이 알려진 서쪽 명소이기도 하다. 나는 처음에 식사하려고 우연히 들렀는데 사람들이 많아서 놀랐다. 규모도 크고 coffee 맛도 좋다.

여름에 '풀베개' 야외에서 먹는 아이스 아메리카노는 무엇으로도 형용하기 힘든 시원함이 있다. 옛날풍 유리글라스에 담겨져 나오는데다 야외 테이블의 우유박스 위에 판넬을 놓은 감성도 참 좋다.

여러 컨셉으로 다양하게 공간을 즐길 수 있도록 되어 있는 풀베개는 눈이 즐거운 곳이다. 나는 조금 멀지만 미온당 쭈꾸미를 먹고 이곳에 올 때가 많다. 그럴 때는 불맛을 먹은 후에 느끼는 청량감이 있다.

우리네 인생도 그렇겠지. 어렵고 힘든 과정을 견디고 이겨낸 후 갖는 꿀맛 같은 인생의 달달함 말이다.

'소규모식탁'의 예쁜 맛과도 잘 어울리는 '풀베개 café.' 제주도스러운 코스다.

📍 **소규모식탁** 서귀포시 안덕면 서광로 115번길 12

아르떼뮤지엄

갈대숲이 가득한 길을 지나 아무것도 없는 산속으로 들어가면 커다란 벙커처럼 생긴 건물이 있다. 이곳이 바로 '아르떼뮤지엄'이다.

가는 길에는 사람도 없고 차도 없는데 아르떼뮤지엄에 도착하니 차들이 많다. 제주도는 신기할 정도로 찾아가는 길이나 도로에는 사람이 없다.

그런데 보고 싶은 장소에 가면 사람들이 와글와글 모여 있다. 아르떼뮤지엄은 디지털 전시의 미를 살린 아트한 공간으로 구조가 매우 아름답다. 디지털 찻집도 신기하다. 차 한잔 마시면서 디지털 아트를 느끼기에 충분하다. 기간마다 전시 주제가 달라진다. 처음 볼 때 웅장함과 신기함에 탄성이 절로 나온다.

섭지코지 가는 길에 있는 빛의 벙커가 먼저 생기고, 후에 아르떼뮤지엄이 생겼다. 빛의 벙커는 커다란 벙커 하나로 명작을 드넓게 느낄 수 있는 고전적 이미지를 가진 디지털 느낌이다.

아르떼뮤지엄은 빛의 벙커처럼 드넓은 벙커에서 디지털 아트를 느낄 수 있도록 좀 더 다양한 디지털 관들로 구성되어 있다.

아르떼뮤지엄

빛의 벙커는 섭지코지 유민미술관을 가면서 한 번 들르고 그 후
론 가지 않았다. 그런데 아르떼뮤지엄은 주기적으로 놀러 가고
있다. 대정에서 가깝기 때문만은 아니다.

디지털 아트의 아름다움이 가득한 공간, 아르떼뮤지엄을 들러
보길 권한다.

📍 **아르떼뮤지엄** 제주시 애월읍 어림비로 478

젠 하이드웨이 레스토랑

제주도 대정에서 산방산 쪽으로 가다보면 관광 먹거리들이 많다. 그중에서도 도시의 음식 냄새가 나는 레스토랑이 있다. '젠 하이드웨이 레스토랑'이다.

아이들은 음식을 시키는 시간 동안 바닷가에서 놀 수 있다. 식사하면서 바다를 볼 수 있는 풍경도 아름답고 실내 분위기 역시 맛이 난다. 나무로 된 탁자들도 좋고, 자연을 닮은 등나무로 만들어진 실내장식이 매우 고급스럽다.

음식은 모두 맛있다. 특히 비가 오는 날 먹는 베트남 고기쌀국수는 서울에서도 만나기 힘든 그런 맛이다. 꼭대기 옥상 쪽으로 놀이터가 있어서 아이들이 식사 후 놀기에도 좋다.

마우이는 날이 좋은 날 친구와 송악산을 등반하고 내려와서 이곳 젠 하이드웨이로 와 바닷가에 나가서 놀다가 밥을 먹는다. 그럼 정말 여행자의 맛으로 식사를 할 수 있다. 대정에서 바다가 보고 싶을 때 이 레스토랑으로 달려와 뜨거운 국물이 있는 국수와 요리를 먹는다. 그러면 몸과 삶이 든든해지고 지친 마음이 위로되어 돌아가는 길이 훈훈해진다.

일본에서 동생 남이와 마나미가 왔을 때, 요리다운 요리들을 이것저것 시켜 보았다. 참치를 살짝 구운 참치 타타끼도 맛이 정말 일품이었다. 여기에 고기요리, 게요리 역시 최고였다. 맛과 풍경, 그리고 멋이 있는 장소다.

📍 **젠 하이드웨이** 서귀포시 안덕면 사계남로 186-8

동생 부부를 위한 5박 6일 제주도 이야기

내 동생 남이는 일본을 선택했다. 태어난 나라가 아닌 다른 곳에서의 삶을 선택한다는 것은 용기가 필요하다. 자기다움을 잊지 않아야 버틸 수 있는 삶을 15년 넘게 해내고 있다. 이제 일본 영주권자인 내 동생. 성실함과 자기만의 멋으로 다시 태어남에 존경스럽다.

동생은 일본인을 아내로 맞이했다. 나는 올케를 마나미라고 부른다. 코로나로 인해 못 보던 중, 드디어 가족을 볼 수 있는 최소한의 여행이 허용되어서, 동생네 부부가 2022년 5월 1일 제주도에 도착했다.

<mark>5월 1일 일요일</mark> 밤 비행기로 도착! 남이와 마나미를 집으로 데리고 왔다. 모엣샹동 샴페인을 마시며 도란도란 이야기를 나눴

다. 아이도 삼촌을 보니 행복해하고 나도 동생을 보니 좋았다. 마나미도 제주도는 처음이라며 좋아한다. 남이와 마나미를 위해 나는 대정 팝업 장날에 가서 흰색에 빨간 꽃무늬를 작게 수놓은 새 이불을 샀다.

5월 2일 월요일 금자매식당, 아르떼 뮤지엄 관람, 성 이시돌 목장에서 아이스크림을 먹고 신화월드 랜딩관에 체크 인을 했다. 마우이를 학교에서 픽업, 젠 하이드웨이 제주점에서 저녁 식사를 했다. 서쪽 제주 바다의 석양은 아름답다. 남이와 나는 더 이상 볼 수 없는 부모님 이야기를 하며, 아쉬운 마음으로 석양을 바라보았다. 좋은 날 부모님이 살아 계신다면 큰 행운일 것이다.

5월 3일 화요일 오전 10시 신화월드 랜딩관 정문에서 남이와 마나미 픽업! 순천미향 제주삼합 식사, 휴일로 café 커피와 한라산 녹차 케이크, 애월 노티드 도넛. 애월 바다를 보다가 마우이를 픽업해서 함께 송훈파크로 갔다. 송훈파크에서 1시간 넘게 배드민턴을 쳤다. 드넓은 잔디 위에서 마나미와 남이, 마우이는 신이 났다. 모두 즐겁고 즐겁다. 송훈 쉐프가 하는 크라운돼지에서 저녁을 먹었다. 아름다운 석양을 등에 두고, 남이와 마나미를 신화월드에 내려주고 마우이와 나도 곤하게 잤다.

234

5월 4일 수요일 10시 숙소 앞에서 마나미와 남이 픽업, 대정읍 한라전복에서 전복 돌솥밥과 해물전골을 먹었다. 수애기 베이커리에서 커피와 소금빵으로 후식을 먹고, 김창열미술관과 장정순갤러리 관람 후 장정순갤러리에서 차를 마셨다. 근처 현갤러리를 소개받아서 그곳에서 9월에 제자들의 첫 전시를 진행하기로 예약했다. 마우이를 학교에서 픽업한 후 예약한 곳에서 대정의 깜깜한 밤을 보면서 도란도란 이야기하며 저녁 식사를 마쳤다.

5월 5일 목요일 관광 택시를 예약하고 오전 10시부터 오후 스케줄을 짜서 보이자 비용이 15만 원이었다. 동쪽 섭지코지 유민미술관 관람하였다.(휘닉스파크 안내데스크에서 유민미술관에 올라가는 버스를 요청하여 이용한다.) 민 레스토랑 1층 카페에서 돼지버거를 먹고, 제주 아쿠아 플라넷에 들른 후, 스누피 박물관을 보고 모슬포 입구 중국집 홍성방에서 하차한다. 홍성방은 대정에서 중국음식 맛집이다. 마나미와 남이는 일본에 있어서 한식과 중식을 자주 못 먹으니, 한국에서 먹는 것 위주로 스케줄을 짜 보았다. 관광 택시 기사님이 너무 친절했다. 사진도 찍어주고 제주도에 관한 풍부한 이야기도 들을 수 있었다.

5월 6일 금요일 오전 11시 신화월드 랜딩광 숙소에서 체크아웃하고 '헤르만 헤세처럼 그려라' 작업실로 와 커피를 마셨다. 남이와 마나미는 공항으로 이동하고 나와 마우이는 서울 집으로 올라왔다.

남이와 마나미를 데리고 다닐 5박 6일 여행 스케줄을 준비하고, 함께 이야기를 나누고 여행할 때 나는 어느새 제주도민이 다 되어 있었다.

원래 나는 제주도 섬과 잘 맞지 않는 성향이었다. 하지만, 하늘 덕분에 바다 덕분에 그리고 바람과 돌, 꽃 덕분에 여행의 열정을 닮아가고, 자연을 사랑하고, 낭만을 품은 그런 운치 있는 사람으로 물들어 가고 있었다.

내가 돌아다니는 곳과 사랑하는 사람들을 데리고 다니는 곳은 다른 곳이기도 했다. 그때마다 "여기가 이렇게 좋은 곳이었구나!", "이렇게 맛있는 곳이었구나!"라고 새삼 느끼고 애정을 더했다.

COVID-19 때문에 이번 제주도 책이 늦게 출판되었지만, 남이와 마나미에게 나의 장소를 데리고 다니는 5박 6일 동안, 나는 내가 그간 다닌 곳들이 얼마나 사람의 마음을 말랑말랑하게 해주는 행복한 장소인지 다시금 깨달았다. 그 깨달음의 스케줄을 담을 수 있어서 감사하다.

지금 현재 그 자리에 있으면서 맞지 않는 곳에 있다고 실망하거나 불평하지 말자. 그곳을 제대로 즐겨 보자. 맞지 않아도 얼굴 빛은 죽지 않는다. 맞지 않는 곳이 오히려 스승이 되기도 한다.

이번에 동생 부부와 여행을 함께하며 나 또한 행복했다. 먹는 것에 진심인 마나미도 제주도와 참 잘 어울렸다. 가족과 함께하는 제주도는 더욱 아름답다.

6장.

초대글:
우리를
안다

그림여행으로
떠나는
자아 찾기!

문보경 작가 作

'ing'-문보경 작가

"나의 미술은 진행 중!"
나에게 미술이란, 내 초등학교 시절 성적표에 오점을 남기던 골칫거리였다.
나는 무섭게 쏘아보는 조각상들 사이에 둘러싸여 있다. 끈적한 물감 냄새 속에서 꼼짝없이 앉아서는 연필과 붓으로 똑같은 그림을 그려 내라는 선생님의 주문, 그림 한 번 그리려면 왜 이리 준비물은 많은 건지, 물감으로 더럽혀진 내 체육복을 들고 가면 엄마에게 한 소리 들을 각오를 해야 했던 기억들뿐이었다.

처음 그린 그림이 맘에 들지 않아 계속 손을 대다 보면 이게 그림인지, 물감 범벅인지 분간이 안 되었다. 이런 고통은 고등학교 가서야 끝이 났다. 나는 그 이후로 "난 미술에 소질이 없어!"라고 생각하며 그림은 거들떠보지도 않았다.

그런 내가 제주도에 내려와서 아이를 키우는데, 아이들이 미술 시간을 너무 좋아하는 거였다.

"도대체 미술이 뭐가 좋다는 거지?"

나는 혼자 그렇게 생각했다. 그때쯤 우연히 친한 언니가 근처 미술 작업실이 있는데, 함께 다녀보자고 제안을 했다.

처음엔 좀 망설였다. 하지만, 나는 아이들을 위해 결심했다. "그래, 아이 셋 중 하나는 미대를 갈 수도 있는데, 엄마인 내가 좀 더 미술을 이해할 수 있다면 좋겠지. 게다가 요즘 아트 재테크가 유행이잖아. 그래, 3개월만 다녀보자."

그렇게 마음을 먹고 '헤르만 헤세처럼 그려라' 작업실에 다니게 되었다. 처음 몇 주간은 지루한 재료 수업이 이루어졌다. 기술 쪽 배경지식을 가진 다른 수강생들은 연신 선생님 말씀에 고개를 끄덕이며 빠르게 작품을 쏟아냈지만, 나는 일주일에 한 번 오는 목요일이 두려웠다. 수업을 다녀온 날은 진이 빠져 아무것도 할 수가 없었다.

"역시 미술은 내 취향이 아니구나!"를 느끼면서도 수업에 꼬박꼬박 나갔다. 그런데 어느 순간부터 나는 조금씩 변화를 느끼기 시작했다. 3개월이 지나는 즈음부터였다. 그만두기로 한 시점에 나는 무언가 내 안에서 생각이란 게 꿈틀거린다는 사실을 느끼기 시작했다.

무한히 나를 인정해주시고 격려해주시는 선생님과 함께 그림을 배우는 노 선생님과 이 선생님 덕분이었을까? 지금도 나는 그림을 그리고 있다. 선생님은 항상 나에게 무엇을 그리고 싶은지 주제를 찾아오라고 하신다.

그 질문과 과제에 대한 답을 찾다 보니, 내가 좋아하는 게 무엇인지, 내가 하고 싶은 것은 무엇인지, 알고 싶은 게 무엇인지에 대해 생각하게 되었다. 그러면 그럴수록 나에 대해 스스로 더 많이 알고 싶어졌다. 나는 이제 그림이란 더 이상 성적표로 나오는 평가대상이 아님을 알게 되었다. 그림이란 누군가에게 인정받기 위한 도구가 아님을 알게 되었다.

그저 내가 그리고 싶은 대상을 그리고, 좋아하는 물감 색을 여기저기 칠해 보며 색의 조합이 주는 아름다움을 느끼기 시작했다. 머릿속으로 그려진 구도를 그려 보며 스스로 만족하고 자신을 인정해 가는 훌륭한 도구로서의 미술을 나는 알아갔다.

여전히 선생님은 나에게 많은 것을 질문하고 과제로 던져 주신다.
"그림을 그리고 난 후에 그림에 관한 생각을 글로 써 보세요. 아이디어 스케치를 해 보세요."
이런 그림 작업이 서툴고 어색하지만 그래도 즐겁다.

『데미안』에서 '알을 깨고 나오는 것'처럼, 나는 그림을 그리며 나의 알을 깨고 있다는 것을 알게 되었다. 나의 그림 그리기는 아직도 진행 중이다.

'Identity'-이숙현 작가

어느 날 길을 가던 중 '헤르만 헤세처럼 그려라'라는 곳을 발견했다. 작업실 이름에서 느껴지는 시적인 느낌이, 내가 찾던 그림 수업일 것 같았다.
무작정 들어가 성인 수업이 가능한지 문의하였다. 그리고 시작된 그림 수업. 김청영 선생님은 그림을 그리는 첫 수업부터 나를 드러내는 그림을 강조하셨다.

나는 결혼하고 아이들을 키우며 나만의 색을 점점 잊는 것 같아 큰아이가 초등학교에 입학한 후 끊임없이 무언가 배우고 시도하며 나의 정체성을 찾던 중이었다.

'나'를 버리고 엄마로서 살아왔기 때문인지, 나에게 집중하며 나를 드러내는 작업이 쉽지만은 않았다. 그러던 중 선생님이 『데미안』 낭독회를 제안하셔서, 같이 그림을 그리는 분들과 『데미안』을 읽게 되었다.

이숙현 작가 作

나는 유독 고전소설 읽는 것이 힘들다. 어릴 적 책을 많이 읽지 않고, 특히 청소년 시절 나를 들여다보는 시간이 많지 않았던 탓인지 고전을 읽으면 불편하다. 하지만 여러 명이 함께 낭독하며 읽으니 그나마 재미있게 읽을 수 있었다.

『데미안』을 읽는 동안은 나뿐만 아니라 아이들의 성장기를 다시금 바라보는 시간이었다. 처음부터 끝까지 인간의 내면을 들여다보는 책을 읽는 건 여전히 쉽지 않았다.

그러나 크로머와의 사건, 진학한 학교에서의 방탕한 생활, 전쟁 등 여러 역경을 지나 마지막 구절에서 주인공 싱클레어는 드디어 자기 자신의 본질을 깨달은 듯 보였다. 또 책 속의 "실천하지 않으면 소용없다."라는 구절이 내 생각과 일치하는 부분이라 좋았다.

나는 즉각 실행이라는 말을 잘 실천하며 살고 실패도 경험이라고 생각하여 아이들에게 이야기하곤 했다. 책을 읽으니 이제야 여러 경험과 배움으로 나를 어떻게 드러내야 하는지 알 것 같았다.

그림이라는 매개체를 통해 '나'다움을 드러내는 게 쉽지만은 않다. 생각이 아니라 실제 작업 안에서 내가 잘 표현되도록 하는 노력이 필요하다.

『데미안』을 읽으면서 나는 김청영 선생님이 말씀하신 "작업 내내 자신에게 집중하고 드러내려 노력하라!"라는 말의 의미를 깨닫게 되었다. 앞으로 내가 어떤 식으로 변하고 성장할지 기대된다.

'제주를 보다'-노경남 작가

"제주스럽게 나를 보다."

젊은 시절, 나는 얼굴에 그림을 그리는 직업을 가졌었다. 가진 건 없었지만 자신감 하나는 최고였던 그 시절. 성공이라는 막연한 목표를 두고 화려하게 마음대로 거침없이 풀어가는 게 인생이라고 생각했다. 자신만만했던 스물아홉 살에 결혼하고, 엄마가 되기까지 4년이 걸렸다.

첫아이를 갖기까지의 시간을 회상해 보니 그 시기에 삶에 대한 태도와 마음가짐을 배웠던 것 같다. 엄마가 되는 첫 타이틀을 따기까지가 어려웠다. 그 후로 나는 놀랍게도 세 아이의 엄마가 되어 있었다.

그토록 원했던 아이들, 그리고 엄마로 사는 삶. 그렇게 살다 보니 흘러흘러 제주까지 와서 정착하게 되었다. 아이들과 함께 지

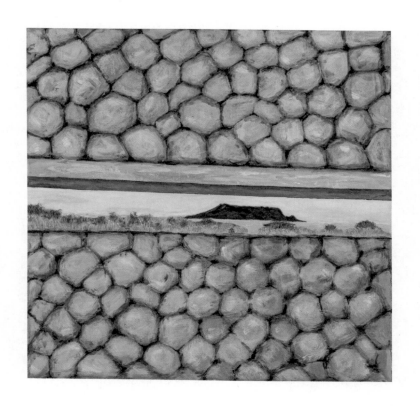

노경남 작가 作

내는 일상에 집중하면 할수록 엄마로서의 나만이 존재했다. 누구나 부러워하는 제주에서 4년을 버티면서 나 자신을 잃어 가는 느낌이 들었다.

제주도의 풍요롭고 느린 듯한 풍경과는 달리 고립, 편견, 좁은 사고, 폐쇄적인 감정의 시달림에 마음이 상처 받아 갈 즈음 운명같이 '헤르만 헤세처럼 그려라' 미술 작업실과 만나면서 내 안의 나를 생각하게 되었고, 나에 대해 집중하게 되었다.

마흔일곱 살이 되어서야 눈에 들어오는 제주의 모습들을 나답게 풀어가려 한다. 아름답지만 이중적인 모습과 변화무쌍한 날씨, 길가의 풍경…, 내 주변 느낌을 표현해보고 알아가는 중이다.

이 느낌에 충실하다 보면 내 귀한 아이들도 자기 삶의 목표를 잘 찾아가지 않을까 싶다. 부모가 자기 인생을 귀하게 여기며 인생의 몰입과 표현을 미술이라는 장르로 펼쳐가게 된다면, 그 풍요로운 나이 듦을 아이들은 저절로 배우지 않겠는가?

나는 지금 감추어진 제주를 알아가는 중이다.

에필로그

제주, 나를 안.다.

책을 읽고 글을 쓰고 그렇게 1년을 보냈습니다. 그리고 나는 질
문했습니다.

"나는 왜 글을 쓸까? 글을 쓰면 나는 왜 이렇게 안정되고, 신나
고, 나 자신의 존재감이 확실해질까?"

곰곰이 뜯어서 생각해 보았습니다.

"나는 글을 쓰는 게 서툴다. 그리고 잘하지 못한다. 그리고 많이
해 보지 않았다. 그래서 재미있고 신난다. 그리고 쓰고 싶다."

그뿐입니다.

나는 너무나 어설픈 작가지만, 그래도 만족합니다. 더 잘 쓰려
고 노력하지 않아도 좋습니다. 그거면 됐습니다. 쓰고 나면 하
루가 꽉 찬 느낌이 듭니다. 그저 지나가는 하늘이고 바람이었을
텐데, 어제와 같은 날이었을 텐데, 그 하루를 콕 집어서 나와 결
부하여 이야기하면, 의미 부여가 되고 살아가는 이유가 되니 말
입니다.

신기합니다. 제주도에 와서 나는 잠깐 생각해 보았습니다. 내가

만약 젊은 날 글을 쓰는 일에 바쳤다면 더 잘 쓸 수 있었을까? 아마 그렇지도 않았을 것입니다. 태생적으로 지루한 걸 참지 못하는 나는, 너무 익숙한 것은 뒤로 미루는 경향이 있으니까요.

그림을 그린다는 것.
글을 쓴다는 것.

나답게 살아가는 도구로 사용하고 있습니다. 그 방법이 나를 제주도에서 잘 버티게 도와주고 있습니다.
나의 그림 주제는 '인연, 연인'입니다. 이제 나의 lover는 제주도가 되었습니다.

제주도는 사람의 마음을 구석구석 털어낼 수 있도록 도와줍니다. 날씨가 그렇습니다. 내게 와서 날씨는 늘 말을 겁니다.

"넌 괜찮니?"
"그래, 괜찮아."
"산다는 건 우연히 잘 해내는 거야."

제주도는 자신과 대화가 잘되는 구시렁구시렁하게 하는 그런 재주가 있습니다. 밉상인 연인 같다고 할까요.

제주도 이야기는 그저 눈 뜨면 그날 간 곳에서 Coffee를 마시고, 식사하고, 하늘을 보고, 얼마 전에 있었던 브리즈번을 그리

위하기도 하고, 학교 간 아이에게 감사하고, 가족을 그리워하면서 그렇게 소소한 나의 하루들을 써 내려간 글입니다.

이 글은 우연히 유배지처럼 온 제주도를 선물로 바꾸어 준 여정들입니다. 누군가에게 제주도가 그런 선물이고 감사이길 기도하는 마음으로 책을 냅니다.

제주에서

대정댁이 찍고 쓰다

김청영

대학에서 미술을 전공한 후 ARTIST로 활동하면서 오랜 기간 미술
교육을 하다가 심리학에 매료, 대학원에서 예술치료를 공부하였다.
작가인 헤르만 헤세와 정신의학자인 구스타프 융이 선택한 "그림"
이라는 코드에서 강렬한 영감을 얻어 첫 번째 책『헤르만 헤세처럼
그려라』를 출판한 이후 활발한 기업 강의와 함께, 다양한 현장에서
대중과 소통하는 예술치료를 하고 있다.
이후 아이와 함께 떠나게 된 호주 브리즈번에서의 자기치유 경험과
아이의 성장기를 담은 포토에세이『아이 엠 브리즈번』을 출간했다.
코로나19로 무대를 제주로 옮긴 후 다시 한 번 마음 성장 스토리를
감성 에세이로 정리하여 펴내게 되었다.

나, 제주를 안.다.

초판 1쇄 인쇄 2022년 7월 13일 | 초판 1쇄 발행 2022년 7월 20일
지은이 김청영 | 펴낸이 김시열
펴낸곳 도서출판 자유문고
　　　(02832) 서울시 성북구 동소문로 67-1 성심빌딩 3층
　　　전화 (02) 2637-8988 | 팩스 (02) 2676-9759
ISBN 978-89-7030-163-1　03810　값 15,800원
http://cafe.daum.net/jayumungo